KB072753

THE **RECORD** OF
RETURNER
현중 귀환록

FUSION FANTASTIC STORY
푸른 하늘 장편 소설

천중 귀환록 14

푸른 하늘 장편 소설

초판 1쇄 찍은 날 § 2012년 11월 26일
초판 1쇄 펴낸 날 § 2012년 11월 30일

지은이 § 푸른 하늘
펴낸이 § 서경석

편집부장 § 권태완
편집책임 § 박우진
디자인 § 이혜정

펴낸곳 § 도서출판 청어람
등록번호 § 제1081-1-89호
등록일자 § 1999. 5. 31
어람번호 § 제1-1494호

주소 § 경기도 부천시 원미구 심곡2동 163-2 서경B/D 3F (우) 420-822
전화 § 032-656-4452 팩스 § 032-656-4453
http://www.chungeoram.com
E-mail § chungeorambook@daum.net

ⓒ 푸른 하늘, 2011

ISBN 978-89-251-3086-6 04810
ISBN 978-89-251-2696-8 (세트)

※ 파본은 구입하신 서점에서 교환하여 드립니다.
※ 저자와 협의하여 인지를 붙이지 않습니다.
※ 이 책은 도서출판 청어람과 저작자의 계약에 의해 출판된 것이므로,
　무단 전재 및 유포·공유를 금합니다.

THE RECORD OF RETURNER

현중 귀환록

14

끌 또는 시작

[완결]

푸른 하늘 장편 소설

FUSION FANTASTIC STORY

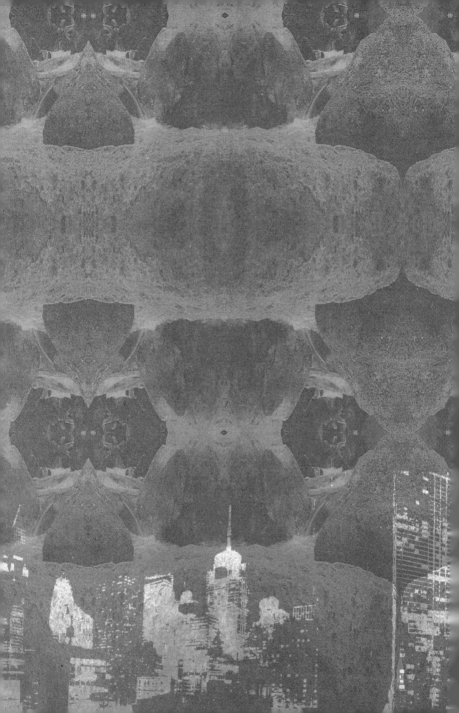

CONTENTS

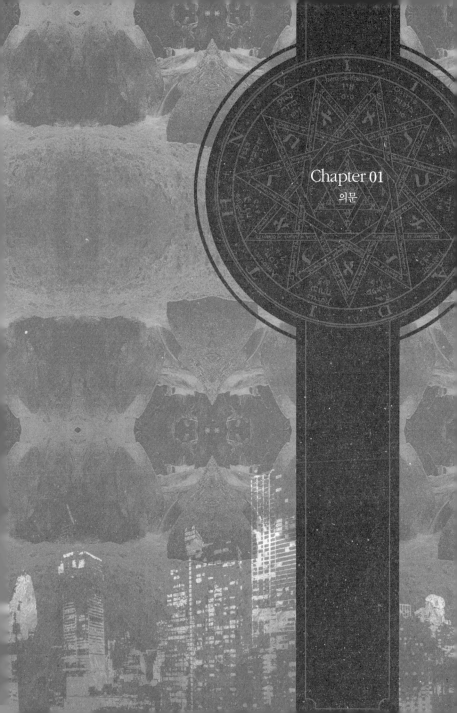

Chapter 01
의문

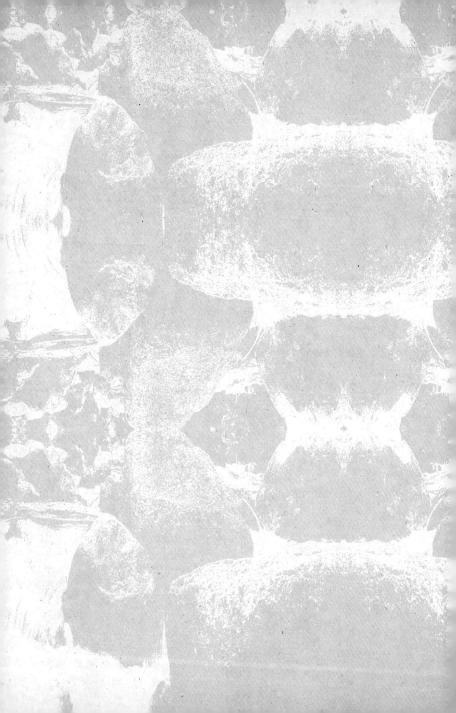

조용한 적막이 흐르는 분위기에 다들 입을 떼지 못하고 있었다.

"그… 신인가 하는 놈이 나타났다며?"

알렉산드로가 슬쩍 마리아에게 물어보자 마리아는 대답 대신 고개만 끄덕였다.

현중이 갑작스런 돌발행동 후에 내지른 포효 때문에 땅이 흔들리는 것을 느낀 마스터들은 우선 조용히 앉아서 쉬는 중이었다.

물론 현중의 눈치를 보면서 말이다.

그나마 현중에게 가까이 갈 수 있는 사람은 레이스와 마리아가 유일했지만 마리아는 우선 현중이 혼자 있도록 놔두었다.

　레이스는 현중에게 달려가려고 했지만 레이스가 막았다.

　돌아온 현중의 눈동자에서 지금까지 본 적이 없는 허탈한 모습을 보았기 때문이기도 했지만, 왠지 현중이 생각하게끔 시간을 줘야 할 것 같다는 생각이 들었기 때문이다.

　"현중이… 알아버렸어."

　레이스는 미래를 보는 능력으로 알았는지, 아니면 이런 미래를 미리 알고 있었는지 현중보다 더 슬픈 눈동자였다.

　"레이스."

　"응."

　"왜 말하지 않았니?"

　마리아는 레이스에게 나직이 물었다.

　뭔가를 탓하거나 원망하는 것은 아니었다.

　하지만 레이스는 아마 그전부터 알고 있었을 것이다.

　그런데 레이스는 현중은커녕 그 누구에게도 카일라제가 자신의 쌍둥이 몸에 이미 강림해 있었다는 것을 말하지 않았던 것이다.

　"말하면… 모두가 죽어."

　"……."

마리아는 레이스의 말에 오히려 살며시 끌어안으면서 머리를 쓰다듬어 주었다.

"미안해. 그동안 힘들었지?"

지금의 상황에 현중에게 가장 미안한 사람은 그 누구도 아닌 바로 레이스였다.

미래를 보는 능력으로 이렇게 될 것임을 알고 있었을 것이다.

그렇지만 레이스는 현중에게 그 어떠한 말도 하지 않았던 것이다.

레이스는 걱정하고 있었다. 그동안의 자신의 행동을 현중은 배신이라고 생각할 수도 있기 때문이다.

그래서 사과를 하고 싶었고, 설명을 하고 싶었다.

계속 현중에게 가려고 하는 것은 바로 그 이유 때문이었다.

"현중에게 가야 해."

바둥바둥.

레이스는 마리아의 품에서 벗어나려고 바둥거렸다.

하지만 아무리 미래를 본다고 해도 레이스는 아직 어린애였고 마리아는 마스터였다.

당연히 벗어날 수 있을 리가 없었다.

"잠시만 혼자 있게 해주렴."

"…마야, 하지만 난 가야 해."

마리아와 레이스가 그렇게 실랑이하고 있을 무렵, 현중은 생각에 빠져 있었다.

일행이 걱정하는 것과 달리, 그는 지금까지 자신이 줄곧 속아왔다는 사실을 전혀 개의치 않고 있다.

아예 머릿속에서 사라진 지 오래였다.

대신, 그 생각은 모두 카일라제가 모습을 드러낸 시기에 맞춰져 있었다.

'왜 지금 나타난 거지?'

분명 카일라제는 아직 현중이 예상하기로는 본신의 능력을 모두 발휘하기 위해서는 시간이 최소한 2년은 더 필요하리라 생각했을 것이다.

치우천왕에게 듣기로 신의 반열에 오른 존재는 신으로 선택되어 올라간 그때의 나이에 멈춘다고 했다.

그 말은 그 나이대가 신으로서 모든 능력을 발휘할 수 있는 적절한 나이라는 말이었다. 치우천왕도 현중의 그런 말에 고개를 끄덕였으니 틀림없었다.

그렇기에 현중은 시간의 여유가 아직 있다고 판단하고 일부러 레이스를 보호하면서 준비를 하려고 했던 것이다.

그런데 느닷없이 카일라제가 모습을 드러냈다?

뭔가 좀 이상했다.

처음에는 몰랐지만 최근에 현중은 카일라제가 17세에 신의 반열에 올랐다고 알게 되었기에 더욱 머릿속이 복잡해지고 있는 것이다.

"테른."

—네, 마스터.

현중이 테른을 조용히 부르자 테른은 모습을 드러내지 않고 대답만 했다.

"카일라제가 왜 지금 모습을 드러낸 걸까? 거기다 찾아보라니… 도대체 무슨 꿍꿍이지?"

—저도 그게 이상하다고 생각합니다만… 신의 뜻을 알기에는 아직 제가 모자란 듯합니다.

하긴 마족에게 주신인 카일라제의 생각을 물어본다고 답이 나올 리가 없다.

현중은 다시 생각에 잠겼다.

지금까지 자신이 살아오면서 가장 골치 아픈 문제에 직면해 있다는 것은 변함이 없었다.

자신이 뭔가 놓친 것이 있지 않는지 생각해 봤지만 나름 순리에 맞춰서 흐름에 어긋나지 않게 움직여 왔기에 놓쳤다고 해도 이제 와서 뭘 할 수 있는 게 없으니 후회만 남을 것이다.

물론 현중의 성격상 그런 후회를 하자고 지금 생각에 잠긴 게 아니었다.

놓친 것이 있다면 그것을 힌트로 해서 실마리를 잡아볼 요량이기에 지금 현중은 남들이 보기에는 엄청난 고민을 하는 것처럼 보였고, 그래서 뜻하지 않게 분위기가 가라앉아 버린 것이다.

"현중!"

"응?"

생각에 빠진 현중을 상념 밖으로 끄집어낸 것은 레이스의 외침이었다. 레이스는 마치 몇 년 만에 만난 애인에게 뛰어들 듯 온몸을 날려 와락 현중의 품에 안겨들기까지 했다.

"현중."

"응?"

"……"

현중의 품안으로 살포시 안겨든 레이스는 고개를 들어 물끄러미 현중의 눈을 가만히 바라보더니 갑자기,

"쳇."

"……?"

새침함 표정과 함께 혀를 차더니 현중의 품에서 슬쩍 빠져나오는 게 아닌가?

아무리 둔한 남자라도 대번에 눈치챌 만큼 레이스의 표정은 나 지금 삐쳤어요라고 광고하듯 새초롬해 있었다.

"현중, 전혀 힘들어하지 않는구나."

현중은 뜬금없는 소리를 하는 레이스의 모습에 갑자기 피

식 웃더니,

"레이스는 내가 힘들어했으면 했니?"

"응."

한 치의 망설임도 없이 대답한 레이스는 다시 현중의 품에 안겨들더니 익숙하게 현중의 가슴에 얼굴을 파묻었다.

"그래야 내가 현중을 위로해 주지."

"풋!"

어린애가 할 말은 아니라고 생각되지만 레이스의 모습과 행동이 일반적인 어린애다운 것에 자신도 모르게 웃어버린 현중이다.

"왜 웃어?"

오히려 레이스는 자신의 말에 현중이 웃자 왜 웃는지 모르는 듯했다.

하긴 레이스에게 감정의 미묘한 차이 때문에 웃었다는 것을 설명한다고 해도 이해할 리가 없다. 현중도 굳이 레이스에게 설명할 생각도 없었고 말이다.

다만 레이스의 머리에 손을 얹어 살짝 쓰다듬으면서,

"걱정했구나."

현중이 나직하게 말하자 레이스는 눈을 동그랗게 뜨고 현중을 똑바로 바라보더니,

"당연하지. 현중은 내 친구니까."

라는 말과 함께 오히려 현중의 머리에 손을 과감하게 올리더니 쓰다듬는 흉내를 냈다.

"자~ 걱정은 사라져라~ 내 손은 약손~ 내 손은 약손~"

씨익~

현중은 레이스의 행동에 순간 머릿속의 복잡한 문제들이 모두 사라지는 것을 느꼈다.

그와 동시에 자신이 왜 그렇게 복잡하게 생각했는지 우습게 느껴지기까지 했다.

결과적으로 이미 벌어진 일이다. 카일라제는 자신을 도발했고, 그 도발에 현중은 보기 좋게 넘어가 버렸다.

한마디로 현중의 정신 수양이 카일라제보다 낮았다는 결론이다.

거기다 레이스에게 위로받는 모습을 보면서 자신이 이 정도로 몰렸던가 하는 생각마저 들었다.

"거봐. 웃으니까 좋잖아."

아직 어린 레이스는 단순한 생각으로 웃으면 모든 게 해결된다고 여겼다.

하지만 그것은 의외로 효과를 증명했다.

현중의 머릿속이 맑아졌고, 지금까지의 고민이 아주 바보 같았음을 스스로 납득해 버린 것이다.

아니, 어쩌면 카일라제가 도발한 것 자체가 현중에게 고민을 주기 위해서 나타났을지도 모른다는 생각마저 들었다.

'바보 같군.'

어린애한테 위로 받을 줄은 예상도 못했던 현중은 피식 웃었다.

무슨 의도로, 어떤 생각으로 카일라제가 자신 앞에 모습을 드러냈는지 알고 보면 별로 중요하지도 않았다.

어차피 나타난 이상 찾으면 되니 말이다.

현중이 한참 동안의 생각에서 벗어난 듯 자리에서 일어서자 은근히 현중의 눈치를 보던 마스터들도 그제야 표정이 풀어졌다.

현재 이곳의 리더는 누가 뭐라고 해도 현중이었다.

본래 구성원이 많든 적든 리더의 마음이 흔들리면 자연스럽게 팀원 전체의 분위기도 어지러울 수밖에 없다.

"괜찮아요?"

그나마 현재 현중에게 스스럼없이 다가설 수 있는 사람이 레이스와 마리아였으니, 마리아가 다가가 현중에게 웃으면서 물었다.

"걱정하게 해서 미안해요."

현중은 슬쩍 웃으면서 말했다.

그런데 그런 현중의 물음에 마리아는 웃던 얼굴을 살짝 찡그리고는 현중을 똑바로 바라보았다.

"사랑하는 사람을 걱정하지 않는 여자는 세상에 없어요. 그리고… 때론 살짝 기대는 것도 좋은 방법이에요."

물론 마리아가 현중에게 뭔가 물질적으로 큰 도움이 되거나 하는 것은 아니었다.

하지만 뭐랄까, 마음의 도움이랄까? 현중에게는 오직 마리아만 해줄 수 있는 무언가가 있는 것이다.

보통 이것은 사랑하는 사람들 사이에서만 나타나는 편안함이기도 했다.

"그보다 … 정말 현중 씨가 말했던… 그 신이 나타난 게 맞나요?"

현중이 이 정도로 분위기가 가라앉을 만큼 심각하게 생각한다면 불 보듯 뻔했고, 현중이 돌연 흥분해서 뛰쳐나가기 전에 했던 말도 있기에 슬쩍 물어보았다.

"네, 맞아요. 전에 제가 말한 카일라제였어요."

"……."

현중의 확답을 듣자 마리아도 순간 할 말을 잃어버렸다.

상대가 신이라는 존재라고 들은 이상 여기서 자신이 더 이상 뭐라고 해줄 말이 없기도 했지만, 사실 카일라제가 어떤 신인지, 어떤 존재인지 피부에 와 닿지 않았기 때문이기도 했다.

이건 마리아뿐만이 아니었다.

이곳에 있는 마스터 모두가 현중의 말을 믿기는 했지만 아직 확실히 상대가 과연 신인지 하는 의문점은 하나씩 안고 있기에 어쩔 수 없었다.

"와 닿지 않죠?"

현중이 그런 마리아의 마음을 알기라도 하는 듯 조용히 한마디 하자 마리아는 갑자기 당황하면서,

"아, 아니에요. 그게 아니라……."

마리아답지 않게 심하게 당황하는 모습을 보고는 현중은 피식 웃었다.

아마 지금까지 마리아는 누군가에게 거짓말이란 것을 해본 적이 없었을 것이다. 이처럼 눈에 확 띄게 당황하고 얼굴 표정으로 속마음이 전부 드러나는 것을 보면 말이다.

하긴 이미 20대에 마스터에 오른 마리아가 누군가를 속일 이유도 없었고 속여야 할 만큼 힘이 약하거나 배경이 약하지도 않으니 말이다.

거기다 마리아는 현중과 달리 누군가를 좋아한 게 이번이 처음이라고 했다.

즉, 현중이 마리아에게는 첫사랑이 되는 셈이다.

남자나 여자나 첫사랑의 열병이 가장 심하고, 그리고 가장 오랫동안 기억에 남는 법이다.

"괜찮아요. 저도 다들 이해하길 바랐지 믿어주길 바란 건

아니니까요."

"…그게 아닌데……."

마리아는 왠지 자신이 현중의 마음을 몰라줘서 현중이 상처 받은 건 아닌지 걱정이 되었지만 역시나 사랑하는 사람이긴 해도 카일라제에 대해서는 확실하게 뭐라고 해줄 말이 없는 것도 사실이니 달리 할 말도 없었다.

"어차피… 카일라제와 맞붙는 건 저 혼자예요."

"…현중… 씨."

뭐랄까, 마리아는 지금 그 한마디에 현중의 외로움이 묻어나왔는지 그 말을 듣는 순간 이상하게 가슴이 시리듯 아파왔다.

사랑하는 사람이 뭔가를 해야 하고 무엇을 해야 하는지 뻔히 알고 있지만, 그 어떤 위로는커녕 말 한마디 시원하게 해주지 못하는 자신이 왠지 미워지기도 했다.

"마야."

현중은 마리아의 애칭을 살짝 부르더니 마리아의 머리카락을 슬쩍 손가락으로 쓸어 올려 귓가 뒤로 넘기면서,

"사랑한다고 해서 모든 것을 나눠 가질 필요는 없어요. 각자가 책임져야 할 부분이 있으니까요. 그리고 이번 카일라제는 온전히 나 혼자서 책임져야 하는 거예요. 그러니 이렇게 슬픈 눈을 할 필요는 없어요."

"…그게 아니라… 그게 아닌데…….

주르륵.

마리아는 현중의 말이 왜 이렇게 시리고 슬픈지 모르지만 알 수 없었다. 가슴이 너무나 아파왔다.

사랑했고, 사랑을 얻었다. 하지만 그와 반대로 가장 필요할 때 사랑하는 사람에게 자신은 아무것도 해줄 수 없다는 게 왠지 너무나 아픈 것이다.

그리고 마리아는 이때 처음으로 자신이 그 무엇도 아닌 그저 한 명의 여자라는 것을 깨닫는 계기가 되었다.

씨익~

현중은 마리아를 향해 웃어주면서 마리아의 눈물을 말없이 손가락으로 훔치고는 살짝 안아줬다.

지금 마리아가 왜 우는지 대충은 알기 때문이다.

자신도 그런 적이 있고, 전에 사귀었던 홍지연도 지금의 마리아와 비슷하게 운 적이 있었다.

자신의 부모님이 죽었을 때 홍지연은 현중의 옆에서 그렇게 말없이 운 적이 있다.

그리고 왠지 그때의 홍지연의 눈물과 지금 마리아의 눈물은 너무나도 닮았다.

[분위기 좋은데? 쩝, 괜히 불청객인 내가 끼어든 건가?]

"……!"

마리아는 울다가 갑자기 들린 목소리에 고개를 돌렸다가 살짝 놀랐다.

데스 나이트로 변한 라이슨이 입가에 미소를 지으면서 손을 흔들고 있는 게 아닌가.

[쩝, 조금이라도 놀라면 좋잖아. 갑자기 나타난 내가 좀 무안해지는구만.]

라이슨, 아니, 베리얼은 현중의 편안한 눈동자를 보고는 자신을 보고 놀라지 않는 모습에 김이 샜다는 듯 가볍게 투정부리더니,

[레이디, 잠시 이 녀석과 이야기할 기회를 주시겠습니까?]

"라이슨, 당신이 어떻게 이곳에……."

마리아는 저번에 산장에서도 그렇고 느닷없이 나타나 현중과 친한 척하는 모습에 고개를 갸웃거렸다.

거기다 자신이 알고 있는 그 라이슨이 아니기도 했다.

성격이 단순하고 의외로 성급한 면이 많은 라이슨이 저렇게 능글능글한 웃음을 지을 수가 없기 때문이다.

마치 세상을 다 살아본 것과 같은 여유있는 웃음이 마리아에게는 의문이었다.

하지만 현중이 아무렇지도 않게 라이슨을 받아들이는 모습에 궁금하면서도 쉽게 물어보지 못하고 있기도 했다.

'마치… 수십 년은 알고 지낸 친구 사이 같기도 하고… 아

닌 것 같기도 하고.'

정부 조직을 운영하다 보니 은근히 촉이란 게 민감한 마리
아도 베리얼을 보고는 도무지 판단을 내릴 수가 없는 것이다.

설마 베리얼이라는 마왕이 라이슨의 몸속으로 들어가 다
시 지구에 모습을 드러냈을 것이라고는 전혀 생각지도 못하
고 있는 것이다.

마족과 싸우고 자신들의 적인 카일라제라는 신까지 나타
난 마당이지만 기본적으로 마리아의 머릿속에 박혀 있는 고
정관념 때문에 생각의 틀이 거기까지는 넓어지지 못했기 때
문이기도 했다.

그렇지만 마리아를 탓할 일만은 아니었다.

현중도 대륙을 다녀왔기에 생각의 틀이 넓어진 거지 원래
대로라면 마리아보다 더 몰랐을지도 모르니 말이다.

[오호, 제법 많이 모았네?]

베리얼은 슬쩍 둘러보고는 갑자기 나타난 자신을 유심히
쳐다보는 마스터들을 가볍게 무시하면서 현중에게 한마디 했
다.

현중은 오히려 베리얼을 보면서,

"늦었군."

카일라제가 나타나면 현중을 도우라는 명령을 받았다고
했고, 차원자가 그걸 증명했으니 분명할 것이다.

그런데 카일라제가 나타났지만 베리얼은 한참 뒤인 지금에서야 모습을 드러낸 것이다.

[이런이런. 삐쳤나? 아니면 내가 안 와서 서운해… 하하하하! 농담이라고, 농담.]

펄럭~!

어느새 현중의 등에 커다란 마나의 날개가 솟아나와 자신을 압박하자 급히 말을 얼버무리는 베리얼이었다.

현재는 현중이 마음만 먹으면 베리얼을 다시 그분 곁으로 돌려보내는 것도 일이 아니었으니 말이다.

신을 죽일 수도 있는 힘을 가지고 있는데 겨우 데스 나이트인 베리얼 정도는 애들 장난 수준이다.

물론 베리얼도 그걸 알고 있기에 이처럼 꼬리를 마는 것도 있었다.

거기다 지금은 자신이 잘못한 게 맞으니 뭐라고 할 말도 없었다.

[화를 풀라구. 내가 늦은 건 다 이유가 있으니 말이야.]

"……?"

현중은 그래도 기분이 풀리지 않는지 베리얼을 가만히 바라보기만 했지만 감정이 없는 눈빛이었다.

[아, 그래그래. 내가 미안해. 이렇게 사과할 테니 기분 좀 풀지그래?]

그렇게 자랑하면서 떠벌렸으면서 베리얼은 카일라제가 모습을 드러냈는데도 몰랐다는 것은 현중이 생각하기에 말이 안 되었다.

뒤늦게 나타나 놓고 평소처럼 능글맞게 웃고 있는 모습이 예쁘게 보일 리가 없었다.

"이유가 뭐지?"

평소의 현중처럼 간결하면서도 간단하게 물어보자 베리얼은 한숨 짓더니,

[사이언톨로지 녀석들을 감시하면서 나도 좀 개인적으로 알아봤는데 말야, 이상한 것이 걸려들었기에 조금 시간이 걸렸지.]

"이상한 거라니?"

베리얼이 능글맞고 구렁이 담 넘어가듯 헐렁거리기는 했지만, 그렇다고 일을 허투루 처리하는 성격이 아닌 것을 현중은 잘 알고 있었다.

명색이 전직 마왕이니 겉으로 보이는 행동으로 판단하면 그게 바로 정말 바보라는 것은 이미 현중이 그 누구보다 잘 알고 있기도 했다.

그런 베리얼이 이처럼 웃으면서 말한다면 굉장히 중요할 수도 있는 일이었다.

[알아봤는데… 사이언톨로지 녀석들, 아무래도 카일라제와

관련이 없는 것 같아.]

"응? 그게 무슨 말이지?"

[나도 그분의 허락하에 어느 정도 마왕 시절의 권능을 약간 사용할 수 있기에 현중 자네가 백련교를 처리하는 동안 나도 사이언톨로지를 뒤지고 다녔지. 그런데 정말 이상해.]

"쉽게 말해라. 말 돌리지 말고."

현중은 은근히 길게 떠벌리려고 하는 모습이 보이자 단칼에 잘라 버렸다.

[자네도 봤지? 카일라제가 저 꼬맹이 쌍둥이 언니의 몸속에 이미 들어와 있다는 것을 말야.]

끄덕.

현중은 베리얼이 턱짓으로 가리킨 레이스를 보고는 고개만 끄덕였다.

이미 레이스라면 어느 정도 알고 있을지도 모르지만 그래도 입으로 듣는 것과 다르니 말조심하는 것이다.

[알고 봤더니 카일라제가 들어간 저 쌍둥이 언니의 행방이 어느 정도 잡혔는데… 사이언톨로지와 전혀 연관이 없어. 아니, 아예 관련 자체가 없다고 해야겠지.]

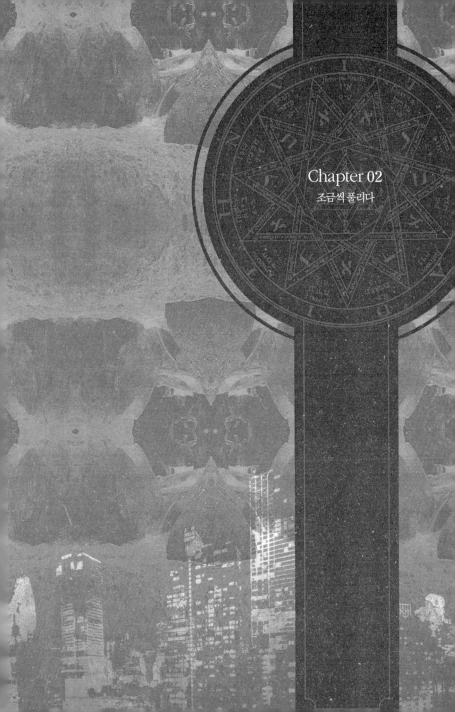

Chapter 02
조금씩 풀리다

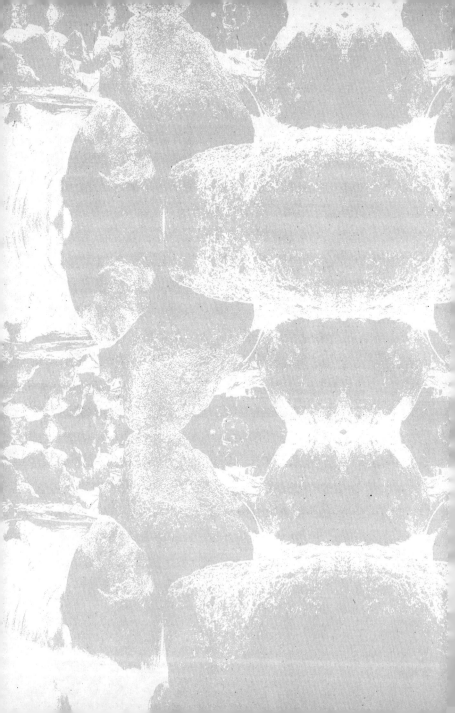

"무슨 말이지?"

현중은 지금 베리얼이 하는 말이 뭔지 쉽게 이해가 가지 않
았다.

사이언톨로지와 연관이 없다니 그게 무슨 말인가?

지금까지 그 흔적과 꼬리는 그럼 무엇으로 설명해야 한단
말인가?

갑자기 베리얼의 말을 듣고는 다시 머리가 복잡해지는 현
중이었다.

하지만 현중이야 머리가 복잡하든 말든 베리얼은 자신이

알아낸 것을 이야기하기 시작했다.

[난 자네와 달리 이곳에 가장 늦게 나타났지. 그러니 사이언톨로지가 어떤 곳인지, 뭐하는 녀석들인지 전혀 몰라. 그래서 어쩌면 가장 객관적으로 알아볼 수 있기도 했고 말야.]

"그 말은 지금 내가 사이언톨로지가 카일라제와 관련이 있다는 생각을 가지고 있지 않기에 알아냈다는 말로 들리는군."

현중이 슬쩍 입을 열자 베리얼은 씨익 웃으면서,

[인간들은 말야, 참 재미있어. 자신이 뭔가 단정을 내리거나 결정하면 그것을 중심으로 모든 것을 생각하는 경향이 많아. 물론 그건 현중 자네도 마찬가지고. 안 그래?]

슬쩍 인간 자체를 비하하는 듯한 베리얼의 말이지만 사실 틀린 말도 아니었기에 현중은 가볍게 눈썹만 찡그렸다.

[그냥 말 그대로 종교 단체일 뿐이야. 어쩌다 상황이 요상하게 꼬이고 자네와 엮이긴 했지만 백련교와 달리 사이언톨로지는 그 어떠한 행동도 하지 않고 있어. 그리고 사이언톨로지의 모든 인간을 내가 검사해 본 결과 카일라제의 카 자도 모르고 있더군.]

"사이언톨로지의 전부를… 말인가?"

현중도 아직 완벽하게 파악하지 못한, 아니, 아직 사이언톨로지가 어떤 단체인지 명확하게 판단을 내리지 못하고 있는 상황에 베리얼이 불쑥 나타나서는 이런 말을 하니 현중으로서도 쉽게 믿을 수가 없었다.

[후후훗, 잊었나? 난 그분의 심부름으로 온 사자야. 그리고 그분에게 질문을 하고 대답을 들을 수도 있다는 걸 잊으면 곤란하지.]

마왕에서 데스 나이트이긴 하지만 엄연히 그분, 신의 사자라는 것은 틀림없으니 베리얼의 말도 일리가 있었다.

하지만 어째서 지금까지 가만히 지켜보던 그분이 베리얼에게 그런 말을 해준단 말인가?

도와주려면 진작에 도와줄 것이지, 이제 와서 베리얼을 통해 도움을 주는 것도 영 탐탁지 않게 생각되는 현중이기에 자연스럽게 베리얼을 보는 눈빛이 부드러울 수가 없었다.

[이런, 너무 서운해하지 말라고. 이건 나만의 특권이니까 말야.]

신의 사자가 자신이 모시는 신의 목소리를 듣는 건 당연한 것이지만 현중의 입장에서는 기분이 나쁜 건 어쩔 수 없었다.

[그보다 그 녀석들을 알아보다가 신기한 것을 발견했지.]

"……."

현중은 대답하기도 귀찮은지 대답 대신 똑바로 바라보기만 했다.

[나 말고도 마왕 녀석이 하나 더 있더군.]

"마왕?"

현중이 베리얼의 말에 이게 뭔 뚱딴지같은 소리냐는 듯 바라보자 베리얼은 어깨를 으쓱거리고는,

[나도 의외였어. 벨제뷔트의 흔적을 발견했어.]

"벨제뷔트?"

현중도 벨제뷔트라는 말에 놀랐다.

파리대왕으로 불리는 녀석으로 아마 지구에서 가장 유명한 마왕, 아니, 사탄이라는 이름이 더 익숙한 녀석이니 말이다.

하지만 그 녀석은 지구에 나타날 수가 없었다.

왜냐하면 현중이 알기로 벨제뷔트는 소멸해 버렸으니 말이다.

즉, 죽었다는 뜻이다.

그런데 그 녀석이 지구에 다시 나타나다니? 있을 수 없는 일이었다.

[놀랐지? 나도 놀랐으니까 당연하겠지만.]

"확실히 벨제뷔트가 맞는 건가?"

현중의 의심스러운 눈빛을 받은 베리얼은 오히려 현중을 똑바로 바라보면서,

[나 이래 봬도 마왕이었던 몸이야. 설마 마왕이 마왕의 흔적을 못 알아보겠어? 확실히 벨제뷔트의 흔적이었어. 그 징

그러운 파리가 확실해.]

　베리얼은 흡사 똥이라도 본 듯 인상을 찌푸리면서 벨제뷔트에 대해서 노골적으로 적의를 드러내었다.

　"왜? 철천지원수라도 되나 보지?"

　현중은 그래도 같은 마왕 출신인데 극도로 싫어하는 베리얼이 이상해서 물었다.

　[마왕도 마왕 나름이지, 그딴 놈이 무슨 마왕이라고. 벨제뷔트는 말 그대로 파리대왕이야. 인간들에게야 엄청난 재앙의 신이라고 하겠지만 마왕 사이에서는 그저 그런 녀석이거든. 그런데 왜, 어째서, 그 파리나 조종하는 놈이 이 위대한 베리얼보다 더 인간 사이에서 공포의 대상인 건지 이해가 안 가, 정말.]

　한마디로 벨제뷔트가 베리얼 자신보다 인간들에게 더 공포의 마왕이라는 게 마음에 안 든다는 너무나 단순한 이유였다. 원수나 라이벌이 아니라 자기보다 인간들에게 더 공포의 대왕이라는 인식을 가지고 있다는 이유 하나만으로 저렇게 싫어하는 것이다.

　인식의 차이겠지만 베리얼이나 벨제뷔트나 솔직히 능력이나 권능의 우위는 비슷했다. 다만 인간들에게 미치는 영향력이 너무나 극명하게 차이가 날 뿐이니 현중은 베리얼의 흥분한 이유를 무시해 버리기로 했다.

그보다 벨제뷔트가 지구에 있다는 게 더 중요했다. 소멸했다는 녀석이 버젓이 지구에 있다니?

이건 누가 생각해도 이상했다.

베리얼이야 그분이 일부러 현중에게 도움이 되라고 다시 살렸으니 그렇다고 하지만 벨제뷔트는? 누가 살렸단 말인가?

현중이 슬쩍 베리얼을 바라보면서 눈으로 무언가 말하는 듯하자 베리얼도 현중이 지금 무슨 말을 하고 싶은지 알고 있다는 듯,

[아니야. 나도 그분께 물어봤는데 그분께서 아니라고 하셨어. 다만……]

"다만?"

슬쩍 말꼬리를 흐리는 베리얼의 모습에 되물어보자,

[규율을 어긴 대가는… 반드시 내려질 것이라는 말만 하시던데……. 난 도통 그게 무슨 말인지 모르겠단 말야.]

"규율이라……."

뜻 모를 베리얼의 말에 오히려 현중의 궁금증만 더 심해져버렸다.

하지만 반대로 벨제뷔트의 존재가 지구에 있다는 것만은 확실히 좋은 정보이긴 했다.

[어때? 이래도 구박할 건가?]

현중이 어느 정도 인정하는 모습을 보이자 베리얼은 다시

평소의 웃음을 보이면서 껄렁거리는 행동을 했다.

하지만 현중은 이번에는 그냥 봐주기로 했다. 그만큼 벨제뷔트의 존재 자체가 지금 현중은 거슬렸으니까 말이다.

"베리얼."

[응?]

"벨제뷔트 있는 곳을 알아봐."

[왜? 다시 소멸시키게?]

베리얼은 현중의 성격상 벨제뷔트를 그냥 놔두진 않을 것을 알기에 되물었다.

"당연하지. 그리고 왠지 카일라제와 벨제뷔트, 뭔가 연관이 있을 것 같아. 그 녀석이 지금까지 아무도 모르게 조용히 지냈다는 게 너무 이상해. 거기다 카일라제가 모습을 드러낸 때와 네가 벨제뷔트를 발견한 시기가 너무나 미묘하게 맞아떨어지는 것도 그렇고 말야."

[하긴 나도 그건 좀 이상하게 생각하는 중이긴 하지. 뭐, 알았다. 난 그럼 벨제뷔트를 찾을게. 그런데 자네는 뭐할 거야? 카일라제가 모습은 드러냈지만 겨우 흙으로 자신의 분신을 만들어 보여줬을 뿐이잖아. 그걸로 찾기 힘들 텐데. 그리고 자기를 찾아오라고 했다며? 너무 자신만만한 거 아냐? 내가 알기로도 아직 카일라제가 자신의 본래 권능을 다 찾으려면 몇 년 남았을 텐데. 아무리 신의 화신으로 태어난 인간의 몸

에 들어갔다고 해도 말야.]

"그건 나도 이상하게 생각하고 있는 중이야. 하지만 결론은 간단하게 나와 있는 상태이니……."

현중이 말하면서 베리얼을 바라보자 베리얼도 고개를 슬쩍 끄덕이더니,

[그렇지. 카일라제를 잡으면 이 모든 게 끝날 테니 뭐 결국 답은 이미 나와 있는 셈이군.]

엄청 복잡하고 무언가 심하게 꼬여 있는 것 같지만 조금만 시선을 멀리서 바라보면 해답은 금방 나온다.

카일라제를 찾아서 처리하면 이 모든 게 완벽하게 해결되는 것이다.

[그럼 난 파리 잡으러 간다!]

그 말을 끝으로 베리얼은 사라져 버렸다.

이미 현중에 관해서는 더 이상 이상한 것을 봐도 그냥 그러려니 하는 마스터들은 라이슨의 몸을 쓰고 있는 베리얼이 사라져도 저놈도 현중에게 뭔가 도움을 받았나 보다 할 뿐이다.

상식이 통하지 않는 상대에게 자신의 상식을 기준으로 생각하면 피곤한 건 자신들이니 말이다.

"그보다 백련교는 이로써 처리가 끝난 것 같은데……."

베이스퍼가 한쪽에 쌓아놓은 백련교 녀석들의 시체를 슬쩍 바라보면서 한마디 하자 다들 고개만 끄덕였다.

생각 외로 백련교와의 싸움이 쉽게 끝난 상태라 다들 약간
은 피곤한 상태이지만 다친 사람은 없었다.

　거기다 베이스퍼가 마족을 상대로 압도적인 능력을 보여
줘서 사기도 제법 오른 상태인데 막상 적이 나타나질 않으니
다들 긴장감이 풀리고 있는 것이다.

　거기다 현중도 뭔가 생각하는지 오리하르콘 주위를 어슬
렁거리면서 혼자만의 생각에 빠진 상태라 마스터들도 뭐라
물어보기가 좀 그랬다.

　"어르신."

　역시나 군인 출신인 알렉산드로가 침묵을 견디다 못해 가
장 먼저 베이스퍼의 곁으로 와서는,

　"저기… 언제까지 이대로 있어야 합니까? 백련교를 처리했
으면 끝난 것 아닌가 해서요."

　"흠……."

　베이스퍼는 슬쩍 현중을 한번 바라보고는 다시 알렉산드
로를 보았다.

　"백련교는 어쩌면 준비운동에 지나지 않을지도 모른다
네."

　"쩝, 그건 저도 대충 알지만… 어째 돌아가는 분위기가
영……."

　사선을 넘나드는 전쟁터를 집 삼아 살아온 알렉산드로이

기에 누구보다 위험에 민감한 편이다.

거기다 완전히 마스터에 오른 뒤에는 그 감각이 아마 현중을 제외하고는 그 누구보다 날카로울지 몰랐다.

그런데 그런 알렉산드로가 나른함을 견디지 못한다면 왠지 처음과 달리 일이 샛길로 빠졌을지도 모른다는 말이 된다.

베이스퍼도 그걸 대충 눈치를 챘지만 지금의 상황에 어떤 결정도 내리기가 애매했다.

처음부터 백련교 녀석들이 나타나지 않았다면 그러려니 하겠지만 백련교 녀석들이 나타났으니 사이언톨로지 녀석들도 나타나지 말라는 법이 없다.

거기다 백련교보다 사이언톨로지가 늦게 나타날 것이라는 테른의 말도 있었으니 지금은 마냥 기다릴 수밖에 없었다.

"며칠 동안 이곳에서 죽치고 있어야 한다는 거군요."

알렉산드로는 베이스퍼의 눈치를 보니 아직 뭔가 결정 내리기 애매해서 이대로 기다리는 걸로 마음을 굳혔음을 느낀 듯했다.

끄덕.

베이스퍼는 말없이 고개만 끄덕였다.

이들의 리더인 현중이 저렇게 생각에 빠져 있으니 별수 없기도 했다.

이번 작전에 나서기 전 자신들의 무기와 모든 것을 계획하고 움직인 게 현중이었으니 지금은 현중에게 기댈 수밖에 없었다.

작전사령관이 다른 작전을 지시하기 전까지는 무조건 대기하는 병사들처럼 말이다.

이들이 이렇게 이러지도 저러지도 못하고 있는 사이 현중은 오리하르콘 주위를 걸어 다니면서 한 가지 생각에만 몰두해 있었다.

'어떻게 찾지.'

오로지 카일라제를 어떻게 찾아야 하는지에 모든 생각을 집중하고 있는 것이다.

베리얼의 말대로라면 아마 백련교를 끝으로 더 이상 공격이 없을 수도 있었다.

하지만 이미 이곳의 오리하르콘의 존재는 사이언톨로지 녀석들의 귀에 들어갔을 테니 철수할 수도 없는 상황인 것이다.

거기다 백련교와 함께 있던 마족들도 그렇고 백련교 녀석들도 그렇고 아르카임 스톤헨지에서 사라진 오리하르콘과는 아무런 상관이 없어 보였으니 말이다.

아니, 그 녀석들에게 오리하르콘이 있다면 이렇게 미친 듯이 달려들지도 않았을 것이다.

그럼 현재 생각해야 될 것은 오직 두 가지였다.

첫째는 사라진 오리하르콘을 누가 가지고 있느냐, 그리고 두 번째는 카일라제를 어떻게 찾아야 하느냐이다.

물론 신성력을 느낄 수 있는 현중이기에 최후의 순간에는 자신의 마나를 최대한 퍼뜨려서 찾을 수도 있었다.

다만 그럴 경우 현중은 탈진할 수도 있었다.

정신적으로 엄청난 피로가 쌓일 테니 말이다.

거기다 상대는 신이었기에 신성력을 갈무리해서 숨기는 것쯤은 아마 애들 장난보다 쉬울 것이다.

한마디로 쓸데없이 현중의 힘만 낭비하고 거기다 카일라제에게 현중이 조바심내고 있다는 것을 대놓고 광고하는 꼴이 될 가망성이 많기에 곧 현중은 머릿속에서 지워 버렸다.

거기다 벨제뷔트의 등장 또한 의외였기에 골치가 아픈 것이다.

소멸했을 마왕이 지구에 나타나 흔적을 남겼다니, 이건 죽은 사람이 다시 살아 돌아온 것과 다를 바가 없다.

"어째 하나를 풀면 하나가 튀어나오고, 또 하나를 풀면 다른 게 튀어나오니 참 골치가 아프네."

현중은 관자놀이가 지끈거리는 느낌에 손가락으로 살짝 누르다가,

"그냥 여기서 따로 움직일까?"

현중은 잠시 여기서 벗어나 따로 움직일까 하는 생각이 들

었다.

하지만 그러기도 쉽지 않은 것이, 어떤 마족이 나타날지 모르는 곳에 자신이 빠진다면 오히려 현중이 이들을 쓰고 버리는 형식이 되어버린다.

벨제뷔트의 존재를 몰랐다면 주저없이 현중은 따로 움직였을 것이다.

하지만 마왕이 지구에 멀쩡히 돌아다니면서 흔적을 남겼다면 이곳에 벨제뷔트가 나타나지 말라는 법도 없다.

확률적으로 그리 높진 않지만, 그렇다고 완전히 0%가 아닌 이상 이러지도 저러지도 못하고 있는 것이다.

한마디로 지금 현중을 비롯해 모두가 백련교를 시원하게 처리했지만 각자 이상하게 꼬인 애매한 상황에 놓여 버렸다.

그렇게 복잡하게 생각하던 현중이 지끈거리는 머리를 애써 무시하면서 고개를 돌렸다.

그의 눈에 띈 것은 백련교 녀석들의 시체더미였다.

워낙 숫자가 많다 보니 시체더미의 높이도 제법 되었다.

날씨가 추운 편이라 크게 피비린내가 나지 않는다는 것이 다행이라면 다행이었다.

그렇다고 해도 결코 보기 좋은 광경은 아니었다. 레이스도 있으니 말이다.

일도 다 끝났으니 아이들 정서 교육에 좋지 않은 모습은 빨리 없애야겠다고 현중은 생각했다.

"테른."

―네, 마스터.

"저 보기 싫은 것 좀 치워 버려."

현중은 마족 소환을 위해 인간을 제물로 바친 백련교 녀석들을 인간으로 보지 않았기에 마치 더러운 쓰레기 취급했다.

―알겠습니다.

테른은 곧바로 시체더미 위에 모습을 드러내더니 양손을 뻗었다.

―심벌(Symbol)!

봉인이 완전히 풀리고 영혼의 계약의 속박까지 풀려 버린 테른에게 이제 더 이상 제약이라고 할 것은 남아 있지 않았다.

그걸 증명하듯 간단한 시동어만으로도 하늘에 커다란 마법진이 그려졌다.

―이동[Move].

별다른 것도 없이 마법진을 만들고 바로 이동이라는 시동어를 말했을 뿐이다.

하지만 그 후에 벌어진 일은 놀라웠다.

수백 구의 시체가 감쪽같이 사라진 것이다.

땅바닥에 피 한 방울 흔적도 남기지 않고 사라진 것을 보면 처음부터 이곳에 시체가 있었다고 생각하기 힘들 정도다.

"괴물이구만."

마법이란 게 정확하게 어떤 식으로 발동하는 힘인지 모르는 마스터들이지만 단 한 가지만은 확실하게 느낄 수 있었다.

테른의 마법진이 발동하는 순간 이곳의 마나가 엄청난 파동을 일으키면서 움직였다는 것을 말이다.

마나를 자유롭게 다루는 마스터들이 그걸 느끼지 못했을 리가 없다.

오히려 그렇기에 너무나 간단해 보이는 테른의 마법에도 이들이 괴물이라고 하는 것이다.

대기의 주변 마나를 진동시킬 만큼 엄청난 무언가를 저렇게 간단하게 해치우는 것을 보고 괴물이라고 하지 않는다면 오히려 그게 더 이상할지도 모른다.

―처리했습니다.

테른은 간단하게 보고만 했다.

"파묻은 건 아닌 것 같은데?"

현중이 보기에 강제 텔레포트 마법진이었다.

현중은 눈앞에서 보이지 않게 치워 달라고 했으니 파묻을 줄 알았던 것이다.

땅을 파는 디그 마법을 사용해서 간단하게 묻어버리면 오히려 더 편했다.

―인간이기를 거부한 자들에게는 땅에 묻힐 자격조차 과분합니다.

테른의 말에 현중이 고개를 돌려 가만히 바라보더니,

"물고기 밥으로 던졌군."

―죽은 육신이라도 죄를 갚도록 도와줬을 뿐입니다.

"뭐, 상관없겠지."

아마 테른이 텔레포트로 날려 버린 바다 어디 한곳에는 지금 수많은 상어가 떼를 지어 물보라를 일으키고 있을 것이다.

수십 킬로미터 밖에서도 피 냄새를 맡는 상어의 후각이면 충분하고도 남았다.

현중이나 테른이나 그냥 그걸로 끝이었다.

―그보다, 마스터.

"왜?"

―어떻게 하실 생각입니까?

테른이 평소와 다르게 현중에게 무언가 뜻을 물어보는 모습에 현중은 테른의 눈동자를 바라보다가 문득 뭔가 떠올랐다.

"그러고 보니 벨제뷔트가 아마 너의 혈족을 죽게 만든 원인이었지?"

현중은 그제야 대륙에서 마왕이 반란을 일으킬 때 소멸했던 전대 마왕이 바로 벨제뷔트였다는 걸 기억해 냈다.

─그렇습니다.

"복수하고 싶은 거냐?"

현중이 나직하게 테른에게 물어보자 테른은 고개를 끄덕이면서,

─마족에게 약한 것 또한 죄입니다. 벨제뷔트가 소멸했기에 저희 혈족이 저를 제외하고 모두 죽은 원인이기도 합니다.

"약한 것이 죄라……. 하긴 마족에게는 그것도 죄지."

약육강식이 가장 큰 규칙의 기둥인 마족에게 약하다는 것은 아무리 마왕이라도 죄였다.

아니, 어쩌면 마족 중에 왕이라는 칭호를 부여받을 만큼 강했던 존재였기에 그의 죽음으로 벌어진 모든 일은 모두 죽은 마왕이 책임져야 한다.

조금은 웃기는 상황이긴 했지만, 마족에게는 그게 너무나 당연한 법칙이었다.

그리고 그런 마왕을 믿고 모든 것을 걸었기에 전대 마왕이 죽는 순간 그 마왕을 따르는 마족들은 죽임을 당해도 마계에서만큼은 당연하게 받아들여야 했다.

물론 마계 종족 하나를 집중해서 공격해 씨를 말리는 짓은 거의 하지 않는다.

이유야 어찌 되었든 같은 마족이니 어느 정도 선에서 멈추는 것이다.

하지만 새로운 마왕은 그러지 않았다.

그리고 혈족이 자신에게 가장 큰 적이 될 가망성이 많다는 이유 하나만으로 씨를 말려 버린 것이다.

정도를 넘어선 권력은 결국 적을 낳는 법. 결과적으로 그 때문에 대륙으로 나왔던 마왕도 현중의 손에 죽었으니 허무한 결말이었다.

그런데 테른이 벨제뷔트에게 죄를 묻겠다는 것은 왜일까?

자신의 혈족을 죽인 마왕은 어찌 되었든 현중의 힘을 빌려 처리했다.

그러니 복수를 한 셈이다.

하지만 벨제뷔트는 아직 그 어떤 죄의 대가도 받지 않은 상태였다.

그런 죄인이 다시 나타났다는 것은 테른에게 참자 못할 치욕일 수도 있었다.

약한 것이 죄라는 마계의 규칙으로 말이다.

지금 지구에서 벨제뷔트에게 마족의 규칙에 따라 죄를 물을 수 있는 존재는 테른이 유일했다.

"그런데 너, 이길 수는 있겠냐?"

상대는 마왕이었던 존재다.

어떻게 다시 나타났는지 모르지만 베리얼이 확실하게 느낄 정도라면 아마 마왕 시절의 힘을 거의 가지고 있다고 봐야 했다.

물론 테른이 약한 것은 결코 아니다. 인간 기준에서 본다면 절대적인 힘을 가진 강자에 가까웠다.

하지만 그것은 어디까지나 인간의 기준일 뿐이고, 마족의 기준으로 보자면 이야기는 달라진다.

마족 사이에서 테른은 그 가진 무력치보다 두뇌에서 오는 힘을 더 높이 쳤기 때문이다.

그것을 아는 현중이 이런 말을 하자, 테른은 단단히 대답했다.

─저도 약하진 않습니다.

"안 되면 같이 죽겠다는 말이군."

현중이 단번에 테른의 속마음을 읽은 듯 한마디 하자 테른은 조용히 고개를 숙였다.

"쩝. 영혼의 계약을 풀어버린 게 오히려 안 좋게 됐군."

만약에 벨제뷔트와 테른이 맞붙게 되면 70% 확률로 테른이 진다.

아니, 마왕으로서의 본래 힘을 거의 되찾았다면 테른은 100% 소멸당할 것이다.

하지만 현중과 영혼의 계약이 있는 상태라면 현중이 죽지 않는 한 테른은 영원히 죽지 않는다.

그렇기에 벨제뷔트가 아무리 강하다고 해도 죽지 않는 테른과 싸운다면 오히려 반대의 상황이 벌어질 것이다.

　─괜찮습니다.

　테른이야 괜찮다고 하지만 그 누구도 예상하지 못했던 일이기에 현중은 한숨을 내쉴 수밖에 없었다.

　영혼의 계약은 단 한 번만 사용할 수 있었기에 이제 다시 테른과 현중이 계약하는 것은 물론 테른은 다른 누구에게도 영혼의 계약을 할 수 없었다.

　사실 현중이 영혼의 계약의 사슬을 강제로 끊어버린 것도 모두 이유가 있었다.

　영혼의 계약은 자신의 영혼을 걸고 하는 계약으로, 절대적이었다.

　하지만 그와 동시에 신이 허락은 했지만 인정하지 않는 것이 바로 영혼의 계약인 것이다.

　그렇기에 현중이 절차대로 영혼의 계약을 풀었다면 그동안 현중의 몸에 쌓여 있던 업(業)이 모두 테른에게 몰릴 수밖에 없었다.

　테른이 스스로 영혼의 계약을 했으니 현중의 모든 것을 떠안게 되는 것이다.

　현중도 처음에는 몰랐는데 각성을 끝내고 나서야 알게 되었다.

　그러다 보니 어쩔 수 없이 영혼의 계약의 증거인 영혼의 사슬을 강제로 끊어버려 애초에 계약 자체가 이뤄지지 않았던 것처럼 편법을 쓴 것이다.

물론 편법이니만큼 영혼의 계약을 다시 사용할 수는 없었다.

테른도 그런 현중의 뜻을 알고 있었다.

이 일을 계기로 테른은 현중이 자신을 얼마나 중요하게 생각하는지, 다시 한 번 깨닫게 되었다.

아무튼 상황이 안 좋게 계속 꼬이는 중이었다.

마지막 때가 되었다는 건 아는데 상황이 왠지 불리하게만 돌아가는 것이 영 못마땅한 현중이었다.

"쩝. 그냥 확 마왕급으로 만들어주고 싶긴 한데……."

마음이야 자신의 능력으로 테른을 마왕급으로 만들어줘서 벨제뷔트 따위는 가볍게 파리채로 때려잡게 만들어주고 싶은데 안타깝게도 현중의 힘은 마기와는 천적인 천기였기에 그럴 수도 없었다.

"대륙에서처럼 내가 도와줘?"

―…….

테른은 이번에는 왠지 현중에게 손을 내밀기 싫은지 대답을 하지 않는다. 그 모습에 현중도 피식 웃었다. 아무래도 자존심이 있으니 말이다.

―지금은 제가 최대한 녀석을 처단할 방법을 찾아볼 것입

니다.

"알았다."

현중도 조용히 테른의 말을 들어주기로 했다.

이제는 전처럼 마냥 명령을 내릴 수도 없으니 말이다.

테른과 현중을 엮어주고 있던 영혼의 계약이 사라진 현재 현중과 테른의 사이는 뭐랄까, 그동안의 인연으로 이어지고 있는 중이었다.

Chapter 03
경고

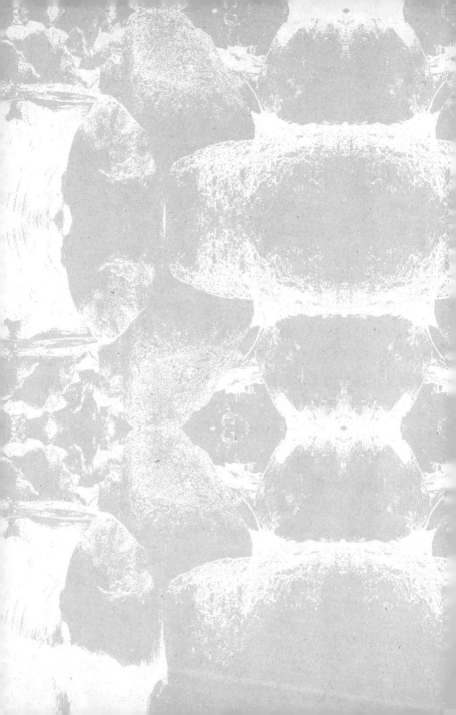

"……."

베이스퍼는 지금 현중이 벌인 일을 보고 뭐하는 건지 잠시
고개를 갸웃거렸다.

느닷없이 현중은 커다란 돼지 한 마리를 꺼내더니 바닥에
마법진을 그렸다.

그리고 곧 테른의 손길이 지나가자 불이 피어올랐다.

현중은 그 불 위에 자신이 꺼낸 통돼지를 그대로 올려놓고,
직접 돌려가면서 굽고 있는 게 아닌가?

"지금 뭐하는 겐가?"

뜬금없는 현중의 행동에 베이스퍼가 다가가 물어봤지만 이미 다른 마스터 모두가 다가와 있는 상태였다.

"보면 모르십니까? 돼지 굽고 있습니다."

"그게 아니라, 지금 왜 그걸 여기서 굽느냐는 것일세. 우리는 지금 반 전쟁 상태가 아닌가?"

따지고 보면 반 전쟁 상태가 맞긴 했다. 적을 기다리고 있으니 말이다.

그런데 현중은 그런 베이스퍼의 물음에 너무나 당연하다는 듯 고개를 끄덕이면서,

"알고 있습니다."

너무나 쉽게 현중이 인정해서 그런가? 베이스퍼는 뭔가 당하고 있다는 느낌마저 받았다.

전쟁 중에 불을 피워서 통돼지를 구워 먹는다?

건 일반적인 상식으로는 이해가 가지 않았고, 알렉산드로마저 잠시 현중이 왜 저러는지 고개를 갸웃거릴 정도였다.

이곳에서 이해할 수 있는 사람은 없다고 봐야 했다.

물론 레이스와 메로우는 애초에 이 전쟁에 크게 관여하지 않았으니 돼지가 구워지는 기름 냄새로 즐겁게 기다리고 있지만 말이다.

"잘 먹어야 싸우죠. 안 그런가요?"

"그야……."

베이스퍼는 너무나 당연한 현중의 말에 자신도 모르게 맞장구를 쳐 버렸지만 틀린 말도 아니었다.

잘 먹어야 잘 싸운다는 것은 사실이니까 말이다.

"거기다 저희는 CIA에 쫓겨서 제대로 먹지도 못하고 이곳으로 왔습니다. 음, 대충 아홉 시간째 아무것도 먹지 않았군요. 그렇죠?"

베이스퍼는 현중의 말에 시계를 보고서야 시간이 그렇게 되었다는 것을 깨달았다.

현중은 그런 베이스퍼를 보면서,

"저희야 상관없지만 어린애를 굶길 수는 없지 않습니까?"

"……."

현중이 돼지 굽는 모습을 뚫어지게 바라보고 있는 레이스를 가리키자 베이스퍼도 고개를 끄덕일 수밖에 없었다.

제자들의 복수를 했다는 것, 그리고 이 싸움은 전쟁이나 마찬가지라는 것, 마족을 상대해야 한다는 것 등의 생각으로 머리가 온통 차버려서, 일반적인 것을 전혀 고려하지 못했다.

거기다 현중이 레이스 곁에 있다는 것에 너무 안심하고 있었다는 것도 뒤늦게 깨달았다.

"못난 할애비였군, 난."

베이스퍼가 지금까지 레이스의 존재를 잊고 있었다는 것에 자조적인 웃음을 지으면서 말하자 현중은 고개를 흔들었다.

"누구에게나 목표가 있는 겁니다. 레이스도 자기만의 목표가 있듯이 말이죠."

"그렇지."

베이스퍼는 그제야 자리에 털썩 앉으면서 주변을 둘러보더니,

"다들 그냥 서 있을 건가, 아니면 앉아서 다 익어가는 돼지고기를 먹을 텐가?"

옆에서 가만히 듣고 있던 다른 마스터들도 하나씩 베이스퍼 옆에 앉기 시작했다. 듣다 보니 현중의 말이 백번 옳았기 때문이다.

그런데 그중에서 백호연이 가장 통돼지에서 시선을 떼지 못하고 있었다.

중국인에게 돼지고기란 한마디로 모든 요리의 기본이 되는 재료다.

중국인들은 면류 다음으로 돼지고기를 좋아하기로 유명했다.

때문에 백호연의 저런 행동을 대충은 이해가 되기도 했다.

거기다 현중의 말이 시발점이 되었는지 갑자기 다들 허기를 느끼고 있는 중이었다. 물론 익어가는 통돼지의 향기도 무시 못할 만큼 향기로웠다.

상식적으로는 도무지 이해가 되지 않는 상황이지만 이들

의 전투력을 생각하면 그리 황당한 상황도 아니었다.

일인군단이라고 불리고 전술적 가치를 따지면 핵무기보다 더 우위에 있는 게 바로 마스터였다.

그리고 그런 마스터가 모여 있고, 마스터조차 가지고 놀 수 있는 현중과 테른이 있는 이상 어쩌면 이곳은 세상에서 가장 안전한 곳일지도 모른다.

"마스터라도 굶으면서 전쟁을 치를 수는 없지 않습니까?"

현중은 가벼운 웃음을 띤 채 돼지고기를 잘라 나눠주었다. 물론 테른이 꺼내 놓은 접시에 보기 좋게 올린 상태였다.

마나의 불꽃을 이용하여 일반적인 불보다 훨씬 빠르고 맛깔나게 구워낸 통돼지 고기를 보고 모두가 침을 꿀꺽 삼켰다.

현중이 나눠준 돼지고기가 사라지는 데 걸린 시간이 오히려 굽는 시간보다 빨리 걸린 것을 보면 어지간히들 배가 고팠던 것이다. 다만 스스로가 긴장감으로 그걸 몰랐을 뿐이었다.

"꺼억!"

알렉산드로는 가장 많이 먹고 가장 빨리 먹어치운 다음 트림을 늘어지게 터뜨리고는 편안하게 주저앉았다.

통돼지 한 마리 사라지는 데 걸린 시간이 30분도 채 안 되었으니 얼마나 먹성 좋게 해치웠는지 두말할 필요가 없을 것이다.

거기다 마나의 불꽃으로 구운 통돼지는 돼지 특유의 잡내

나 느끼한 맛도 없었기에 돼지고기 특유의 부드러우면서도 담백한 맛을 극대화되어 먹어도 먹어도 질리지가 않았다.

커다란 어미돼지가 아니라 적당히 작은 아기돼지였지만 남은 건 돼지 뼈 외에는 없었다.

"차 한잔하시죠."

모두가 돼지고기를 배불리 먹고 늘어지게 풀린 모습을 하고 있는데 일행에게 현중이 테른이 준비한 녹차를 전해주자 마지막 뒷맛까지 깔끔하게 마무리할 수 있었다.

"허참, 이거 전쟁 중인 건지 피크닉을 온 건지……."

이곳의 마스터 모두가 지금 자신들이 피크닉을 온 것과 같은 기분을 한껏 느끼는 중이었다.

그때 녹차를 마시던 현중이 슬쩍 자리에서 일어서더니,

"먹은 고기를 소화시키도록 도와줄 모양이네요."

현중의 귀에 울리는 수천 명의 발소리와 함께 요란한 기계음이 귀를 간질였다.

사이언톨로지가 아무리 카일라제와 관련이 없다고 해도 역시나 오리하르콘은 그 누구도 탐낼 만한 멋진 미끼임에는 변함없으니 미끼를 물었을 것이다.

그런데 소리를 듣던 현중이 고개를 갸웃거리더니,

"테른."

―네, 마스터.

"어째 전차 외에도 뭔가 다른 게 있는 것 같은데?"

―알아보겠습니다.

지금 현중의 귀에 들리는 발소리의 숫자가 처음에는 백 단위였는데 갈수록 늘어나더니 이제는 천 단위는 가볍게 넘어버린 것이다.

이 정도면 한 나라의 군대가 움직인 것이나 다름없었다.

거기다 공기를 휘젓는 듯한 모터 소리도 들리는 게 왠지 사이언톨로지가 아닌 것 같았다.

현중의 명령을 받은 테른은 곧바로 자신의 패밀리어를 날려 보냈다. 상공을 휘돌다 잠시 후 돌아온 패밀리어가 정보를 전해주었다.

―전투 헬기 열 대, 전차 사십 대, 후방 뒤쪽에 단거리 미사일 발사대를 장착한 트럭 네 대와 뒤쪽에 미사일 재장전용 탄두를 실은 트럭 네 대가 있습니다.

"휘유, 아예 작정을 했군."

전투 헬기는 기본이고 전차 사십 대에 후방에 단거리 미사일 발사대를 갖춘 트럭이 네 대나 있고, 거기다 재장전용 탄두를 실은 트럭이 네 대라는 말은 최소 미사일이 열 발 이상 준비되어 있다는 말이다.

거기다 이게 전부가 아니었다.

―러시아군 2만 명이 진군 중입니다. 그리고 스페츠나츠가

이미 저기 언덕 너머까지 도달한 상태입니다.

"빠르군."

—공중 강습으로 내려온 듯합니다.

물론 공중에서 뛰어내려 침투하는 공중 강습이라면 충분히 현중의 이목을 피할 수도 있지만 생각 이상으로 빨랐다.

—날다람쥐를 본뜬 듯한 특수 복장을 벗는 것을 보니 침투용으로 개발된 특수 장비 같습니다.

"아……."

현중도 본 적이 있기에 말을 듣는 순간 뭔지 알아챘다.

윙슈트라는 것으로, 본래 특수 침투 목적으로 만들어진 옷이다. 상공에서 뛰어내려 활강하여 목표지점으로 고속으로 하강할 수 있게 하는데, 특수한 훈련이 필요하긴 하지만 정확한 침투가 가능하게 하는 낙하산 같은 것이었다.

고도만 높으면 수십 킬로미터 정도는 순식간에 날아올 수 있는 성능을 가지고 있으니 현중이 뒤늦게 느낄 만도 했다.

집중하고 있지 않으면 현중도 살기를 뿜어내지 않는 한 크게 관심을 주지 않기 때문이다.

하지만 지금 그 말로써 현중은 러시아 군이 작정을 하고 움직였다는 것을 알았다.

거기다 저 정도로 만반의 준비를 해서 움직였다면…….

"위성으로 백련교 녀석들을 처리하는 것을 지켜봤다는 거군, 러시아군은."

―아무래도 저희가 감추지도 않았으니 저도 그렇게 생각
합니다.

애초에 숨길 생각도 없었다.

이미 전 세계 첩보 위성을 통해 웬만한 국가는 다 알고 있
을 것이다. 물론 영국이나 중국, 미국과 일본은 지켜보기만
할 뿐이다.

자신의 마스터들이 같이 있으니 말이다.

자국의 마스터를 공격할 만큼 상황이 나쁜 것도 아니고 러
시아 땅이기에 거리가 멀다는 것도 어느 정도 작용한 듯했다.

하지만 러시아는 그게 안 되는 것이다.

이미 발굴한 오리하르콘이 사라진 마당에 새로운 오리하
르콘이 나타났으니 조바심이 극에 달했을 것이다.

무엇보다 지금 이곳은 러시아 땅이다.

즉, 러시아 땅에서 나왔으니 러시아에 우선권이 있다고 우
겨도 다른 나라는 크게 할 말이 없다.

물론 현중이 얌전히 주지도 않을 것이지만 말이다.

―마스터.

"응?"

―마스터의 힘을 숨기지 않으실 겁니까?

테른도 현중이 이렇게 대놓고 움직이기에 충분히 힘을 숨

길 생각이 없다는 것은 느꼈지만 아무래도 직접 듣는 것은 다르니 확인 차 물어본 것이다.

"어차피 신과 맞장 뜨면 전 세계가 알게 될 텐데 이제 와서 숨길 이유가 없지 않아? 어차피 이번 계획을 실행하기 시작하면서부터 난 숨길 생각이 없었으니까."

—알겠습니다.

현중의 말을 들은 테른의 입가에 미소가 번졌다.

현중이 자신의 힘을 숨기지 않는다면 테른도 자신의 능력을 숨길 필요가 없는 것이다.

그리고 분노로 마나를 폭주시킨 것만으로 지구 전체의 지진계를 움직인 현중이 그 힘을 본격적으로 발휘한다고 했으니 지구 전체가 덤빈다고 해도 어차피 승산은 없었다.

다만 얼마나 빠르고 간결하고 확실하게 처리하느냐이다.

이번 기회에 현중은 전 세계의 모든 국가에게 일종의 경고를 보내기로 마음먹은 상태였다.

개인의 무력이든 군사력이든 그 어떤 것으로도 막을 수 없다는 것을 보여줘서 앞으로 있을 현중의 움직임에 거치적거리는 방해 자제를 없애겠다는 의도였다.

무엇보다 미국을 향한 노골적인 경고이기도 했다.

이곳에 있는 사람 모두가 현중과 관련된 사람이고 특히나 베이스퍼를 향한 CIA의 공격은 자신을 향한 공격이라고 무언의 메시지를 보내는 것이다.

―마스터.

"……?"

―단거리 미사일 네 기가 발사되었습니다. 목표는… 정확하게 저희가 있는 오리하르콘입니다.

테른의 말을 들은 현중은 씨익 웃더니 슬쩍 고개를 돌려 제법 멀리 떨어져 있는 곳에 숨어 있는 스페츠나츠를 확인했다.

그리고 그들이 미사일 유도용 레이저를 오리하르콘에 정확하게 맞춰놓고 있다는 것도 확인했다.

"테른."

―네, 마스터.

"공간 굴절 마법진을 만들 테니 링크 준비해."

현중은 말을 끝내자마자 전신에 마나를 활성화했다.

펄럭!

이제는 현중의 마나가 활성화되면 거의 자동으로 마나의 날개가 현중의 등에서 솟아나서 사방을 수놓았다.

그리고 현중의 양손이 허공을 향해 뻗자,

찌잉!

공간의 울림이 생기고 나서 마나가 움직였다.

츠츠츠츠츠츠츠츠.

귀에 들리지는 않지만 주변의 마나가 현중의 마나에 이끌

리듯 모여들어 커다란 마법진을 완성했는데, 그 시간이 불과 1초도 걸리지 않았다.

그런 현중의 모습을 가장 가까이서 지켜보던 스페츠나츠 대원들은,

"…사람인가?"

"미친……. 등에 날개가 생기다니……."

고성능 망원경으로 선명하게 현중의 등에서 솟아나 펄럭이는 마나의 날개를 확인하고는 쉽게 믿으려 하질 않았다.

어차피 이걸 본다고 바로 믿는다는 것 자체가 군인이라는 특성상 말도 안 되는 것이니 당연하긴 하다.

지금 스페츠나츠의 고성능 망원경으로 보는 화면을 본부에서도 위성을 통해 실시간으로 확인하고 있을 테니 아마 같은 마음일 것이다.

"저건 도대체 뭐야?"

"말도 안 돼. 천사의 재림이라니……."

천사라면 기본적으로 떠오르는 게 바로 등에 있는 커다란 날개일 것이다.

거기다 러시아는 가톨릭을 믿는 국가이니만큼 현중의 등에 생겨난 마나의 날개를 확인하자마자 모두가 똑같이 천사를 떠올릴 수밖에 없었다.

하지만 군대는 명령을 내리면 천사가 아니라 신이라도 공

격해야 하는 게 규칙이다.

거기다 이미 미사일 네 기를 발사한 상태였다. 이미 늦은
것이다.

"응?"

베이스퍼도 현중의 움직임에 적들이 다가온다는 것은 느
끼고 있었지만 확실하게 어떻다는 것은 모르고 있었다.

그런데 그런 그의 감각에 무언가 이상한 게 걸렸다.

벌떡!

앉아 있던 베이스퍼가 갑자기 일어서자 다른 마스터들도
반사적으로 일어났다.

"어르신?"

알렉산드로도 뭔가 느꼈는지 얼굴을 찡그리면서 베이스퍼
에게 다가갔고, 곧 그들의 시야에 네 개의 시커먼 점이 보이
기 시작했다.

"저건⋯⋯?"

베이스퍼는 순간 하늘에 나타난 네 개의 점이 뭔지 감이 잡
히질 않았다.

알렉산드로도 처음에는 네 개의 점을 보고 뭔지 몰랐는데
그게 빠르게 커지는 것을 확인하고는,

"젠장!!"

지금까지 자신의 경험을 비춰봤을 때 딱 한 가지가 바로 떠오른 것이다.

"단거리 미사일이다!!"

알렉산드로의 말에 다른 마스터들의 표정이 그대로 굳어 버렸다.

아무리 마스터라고 해도 초인일 뿐 인간인 것이다.

총알만 제대로 맞아도 죽을 수 있었다.

그런데 단거리 미사일이라니?

지금 이곳에서 단거리 미사일을 대놓고 쏴 올릴 수 있는 곳은 오직 한 곳뿐이었다.

"러시아군!!"

다들 사이언톨로지만 생각하고 있다가 러시아군이라는 것에 당황했다.

그런데 베이스퍼가 느끼고 알렉산드로가 아는 것을 현중이 모를까?

베이스퍼가 고개를 돌려 현중을 바라보자,

"준비는 끝났습니다."

"역시……."

현중은 여유있게 대답했고, 그런 현중의 말을 듣는 순간 베이스퍼는 그 순간 김이 새듯 긴장감이 사라지는 것을 느꼈다.

멀리서 미사일이 날아오든 말든 자신도 믿지 못할 만큼 안

도해 버린 것이다.

다만 카타나를 뽑아 들고 혹시나 있을 다른 공격을 준비하기는 했지만 알렉산드로처럼 호들갑을 떨지는 않았다.

"젠장! 미사일이야, 미사일!! 내 총으로도 안 되는데. 아, 젠장! 이럴 때 라이플이라도 있었으면!"

상식적으로 미사일을 라이플로 어떻게 한다는 것 자체가 말이 안 되지만 지금은 요격 미사일을 뚝딱 만들어내지 못하는 상황이니 아쉬운 대로 저격용 라이플이 생각난 것이다.

미사일을 보면서 혼자 잔뜩 굳은 얼굴로 집중하던 알렉산드로는 갑자기 주변이 이상하게 조용하다는 것을 뒤늦게 깨달았다.

"……?"

느긋하게 카타나를 뽑아 들고 편안하게 서 있는 베이스퍼와 자신의 무기를 손질하는 백호연을 비롯해서 카이쇼 무사시는 아예 검을 뽑지도 않고 있었다.

그들의 특징이라면 모두가 하나같이 편안한 모습이라는 것이다.

"아니, 걱정도 안 돼요? 지금 미사일이 날아오고 있단 말입니다! 젠장! 20초도 안 남았네."

스페츠나츠에 있던 알렉산드로이기에 지금 날아오는 단거리 미사일이 대충 뭔지 감이 잡혔다.

대륙 간 탄도 미사일보다는 확실히 좀 느리긴 하지만 일단 한번 발사되면 멈출 수 없는 것이다.

요격 미사일이라도 발사하지 않는 한 미사일을 상대로 인간이 할 수 있는 것은 거의 없었다.

그런데 본인 빼고 모두 편안하게 있는 이 모습은 뭐란 말인가?

알렉산드로가 현중이 어떤 존재인지 아직 확실하게 모르는 것도 지금 호들갑을 떠는 이유 중 하나이긴 했다.

카이쇼 무사시는 진작에 현중의 두려움을 알고 있었고 베이스퍼는 두말할 것 없었다.

백호연은 이미 마족을 상대했던 현중과 테른을 봤기에 미사일 따위는 애초에 신경조차 쓰고 있지 않았다.

지금 이들에게는 미사일 백 기보다 서열 마족 열 명이 더 무서웠고, 실제로 서열 마족 열 명이면 결코 무시할 수 없는 상황이었다.

"아, 진짜!! 다들 뭐해요!!"

때론 너무나 잘 알기에 두려움이 생기는 경우도 있는 법이다.

그리고 알렉산드로가 바로 딱 그 경우였다.

"젠장! 왔다!"

시야로도 뚜렷하게 확인되는 단거리 미사일 네 기가 오리하르콘을 향해 거의 접근했다.

"젠장, 이렇게 죽고 싶지 않았는데……."

마스터에 올라 드디어 인생 좀 피나 싶었던 알렉산드로는 신음을 뱉으면서 고개를 돌렸다. 미사일이 이렇게 가까이에서 터진다면 그나마 고통 없이 죽는다는 게, 아니, 고통도 없이 사라진다는 게 어느 정도 위로라면 위로일 것이다.

한편 알렉산드로가 고개를 돌린 그때,

―공간 굴절.

현중이 만든 마법진에 링크한 테른의 한마디가 튀어나왔다.

찌이이이이!

조금 전에 현중이 허공에 그렸던 마법진이 선명하게 빛을 뿜으면서 단거리 미사일과 맞닥뜨렸다.

그 순간,

미사일이 마법진 속으로 빨려들어 가듯 사라졌다.

파삭!!

알렉산드로의 눈이 커졌을 때, 미사일을 집어삼킨 마법진은 수면처럼 가벼운 파문을 일으키더니 파열음을 남기고 없어졌다.

알렉산드로는 입을 쩌억 벌렸다.

몇 초 뒤,

쿠아앙!! 쿠아앙!! 쿠아아아앙!!

엄청난 폭발음이 저 멀리서 들렸다.

그와 동시에 테른이 현중을 향해 말했다.

―단거리 미사일, 완전히 무력화시켰습니다.

Chapter 04
미사일 방어

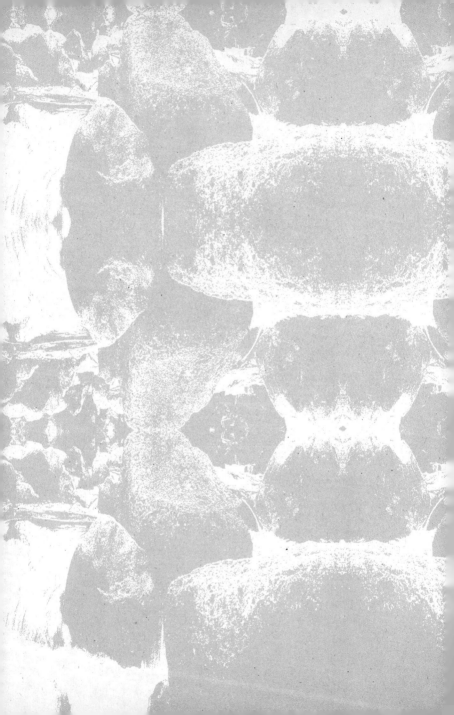

그렇다.

현중이 만든 공간 굴절 마법진을 이용해서 미사일을 마법 진으로 받아들이는 입구를 만들고, 러시아 미사일 발사대 트럭 바로 위에 출구를 만들어둔 것이다.

어떻게 보면 정말 단순해 보이지만 감시 위성으로 지금의 장면을 지켜본 모든 국가는 신음을 내뱉었다.

"젠장! 저런 말도 안 되는……."

"저러면 핵미사일도… 소용없겠군."

미사일을 실드나 다른 걸로 막거나 했다면 이들이 이런 반응을 보일 리가 없었다.

차라리 좀 더 강한 미사일을 쓰면 된다고 생각하니 말이다.

하지만 무슨 방법을 사용했는지 마치 마법처럼 미사일을 집어삼키더니 놀랍게도 러시아군이 쏜 미사일 네 기가 그대로 러시아군에 떨어져 버렸다.

즉, 핵탄두를 쏜다고 해도 현중은 그걸 그대로 되돌려 줄 수 있다는 것을 대놓고 보여준 셈이다.

이걸 본 각 나라의 정부는 난리가 났다.

세상에서 가장 확실한 요격 방법이 나타난 셈이다.

물론 현중만 할 수 있는 요격 방법이긴 했지만 강대국들의 가장 확실한 무기인 대륙 간 탄도 미사일은 기본이고 핵탄두마저도 방금 현중의 마법 한 방으로 완전히 무용지물이 되어 버린 것이다.

아니, 핵탄두를 쏘는 순간 그 핵탄두는 아마 자신들에게 떨어질 것이 분명했다.

일부에서는 말도 안 된다면서 난리쳤지만 정보를 다루는 사람들의 특성상 눈으로 본 것을 믿지 않을 수가 없었다.

아무튼 간단하면서도 시원하게 끝내려고 쐈던 네 기의 미사일을 그대로 돌려받은 러시아의 대가는 심각했다.

그나마 미사일의 특성상 가장 후방에 위치하고 있어서 준비 중이던 여덟 대의 미사일 트럭을 제외하고는 피해가 없지만 대신 가장 강력한 무기를 잃어버린 셈이다.

그런데 러시아군은 그래도 정신을 못 차린 모양이었다.

—마스터, 러시아군의 미그—29 전투기 열다섯 대가 떴습니다.

"아주 작정을 했구만, 작정을 했어."

석유와 천연가스를 유럽에 수출하면서 돈을 버는 러시아이기에 어쩌면 오리하르콘에 이처럼 난리 치는 것일지도 몰랐다.

당장 영국이 보유하고 있는 오리하르콘을 유럽에만 풀어도 러시아는 굶어 죽을지도 몰랐다.

러시아뿐만이 아니다.

옛날 소련연방을 구성하고 있던 모든 국가가 굶어 죽을 것이다.

사람이 살기 정말 힘든 지역인 러시아에서 그나마 먹고살 수 있는 유일하다시피 한 방법이 바로 자원 수출이었으니 말이다.

현중도 러시아가 이렇게까지 죽기 살기로 덤비는 것에 어느 정도 이해는 됐다.

하지만 그렇다고 오리하르콘을 줄 생각은 전혀 없었다.

어차피 비틀린 흐름을 위해서도 오리하르콘은 모조리 회수할 생각이었으니 말이다.

나중에 이런 현중의 생각을 러시아가 알았다면 아마 군대가 출동하는 일은 없었을지도 모른다.

물론 믿어주지도 않겠지만 말이다.

일개 개인이 오리하르콘을 마음대로 회수한다는 것 자체가 웃을 일이기도 했지만 자원이 무기가 된다는 가장 단순하면서도 확실한 증거이기도 했다.

"어떻게든 오리하르콘을 자기들이 보유하겠다는 거군."

오리하르콘의 등장은 기존의 석유와 천연가스로 이뤄진 에너지의 기본 틀을 뒤집어엎어 버리기에 충분했다.

특히나 화력발전에 자국의 전력 60%를 사용하고 있는 미국 같은 경우 원자력발전으로 완전히 바꿔 버릴 수 있을 만큼 메리트가 있었으니 말이다.

그런데 러시아라고 다를까?

오히려 자원이 가지고 있는 힘과 권력을 러시아만큼 잘 아는 국가도 없을 것이다.

가진 것이 자원밖에 없는 나라이기에 말이다.

그나마 가장 위협적인 미사일이 완전 무력화되어 버렸으니 현중 일행에게는 더 큰 위험은 더 이상 없다고 봐야 했다.

특히,

"흡!!"

캉!!

갑자기 가만히 있던 베이스퍼가 허공을 향해 발검을 빠르게 하자 놀랍게도 쇠가 터지는 소리가 들렸다.

그게 시작이었다.

캉!! 캉!!

또다시 두 번의 발검과 쇠가 터지는 소리가 들리자 단번에 모든 마스터들이 일어섰다.

"제법 멀리서 저격하는군."

베이스퍼는 정확하게 저격용 총알이 날아온 방향을 향해 고개를 돌렸고, 그런 베이스퍼의 시선을 받고 있는 녀석들은 바로 스페츠나츠였다.

"젠장! 진짜 괴물이구만."

지금 공격팀을 이끄는 팀장은 미사일이 말도 안 되게 무력화되자 즉각 부하가 가지고 있던 드라구노프를 꺼내게 했다.

알 만한 사람은 다 알 만큼 유명한 저격용 라이플로, 본래 저격용 라이플은 볼트 액션 식을 사용하는 편이다.

한번 사격하고 나서 다시 재장전해야 하는 수고로움과 함께 시간이 걸리는 단점이 있지만 저격용은 어차피 자동소총처럼 연사를 하는 게 아니니 괜찮기도 했다.

하지만 일반적인 저격용 라이플이 반자동을 하지 않고 액션 볼트 식의 구형 방식을 사용하는 가장 큰 이유는 바로 라이플의 구조상 총구가 길수록 반자동으로 총의 주요 부품이

받는 부담이 심해서 잔고장이 심하기 때문이었다.

　일반 자동소총과는 그 구조 자체가 다르고 저격용 라이플의 특성상 무게와 함께 총구의 길이와 오차까지 적어야 하는 세심함을 요구했다.

　그래서 일반 자동소총에 비해 몇 배에서 몇 백 배까지 가격차이가 나는 게 바로 저격용 라이플이었다.

　그런데 러시아의 오버 테크놀로지 때문인지, 아니면 구소련(소비에트연방) 시절 미국과 싸웠던 기술력 때문인지 드라구노프는 그런 잔고장이 없기로 유명했다.

　거기다 저격용 라이플치고는 상당히 가벼운 편이라 지금도 웬만한 분쟁 지역에 가면 쉽게 찾아볼 수 있을 만큼 보편화된 편이었다.

　본래 총기류는 종류가 많지만 사람마다 맞는 무기가 있고 같은 저격용 라이플이라도 잘 맞는 무기가 있다.

　스페츠나츠라서 그런지 모르지만 제법 드라구노프를 사용하는 녀석들이 많은 편이었다.

　거기다 본래 드라구노프는 저격용 라이플로 만들어진 게 아니었다.

　하지만 1.3m에 이르는 큰 총신과 함께 반자동의 성능은 기본이고 잔고장이 없는 우수한 품질 때문에 본래의 목적인 분대 지원 장거리 소총의 역할도 훌륭하게 수행하지만 필요에 따라 웬만한 저격용 라이플 못지않은 위력을 발휘하는 특이한 무기였다.

철컥!!

드라구노프의 총구에 소음기를 먼저 끼워 넣고 총신에는 대검을 착검했다.

드라구노프는 착검이 가능하게 만들어진 것 또한 특징이라면 특징이었다.

그런데 마스터들과의 거리를 생각하면 저격용인 게 확실한데 착검을 하는 게 조금 특이했다.

하지만 이것도 어쩔 수 없었다.

상대는 초인, 언제 어떤 상황이 벌어질지 모르기에 처음부터 모든 무기를 꺼내고 시작하는 것이다.

미사일도 황당하게 무력화시켜 버렸는데 저격이 성공할 가망성이 그리 높아 보이지 않았기 때문이다.

하지만 어쩌겠는가?

스페츠나츠도 군인이었다.

아니, 군인 중 최고 엘리트였다.

군인은 명령이라면 죽을 줄 알면서도 뛰어드는 사람들이니 어쩔 수 없었다.

만약에 위급한 상황이 발생하면 저격으로 적을 침묵시키라는 명령을 이미 비행기에서 뛰어내리기 전에 받았으니 말이다.

하지만,

"역시나……."

베이스퍼를 노리고 쏘았던 세 방의 총알을 무용지물이 되었다. 피한 것도 아니고, 검으로 쳐 내다니, 저격수는 황당해질 지경이었다.

그가 무슨 괴물을 보는 듯한 표정이 되어 있는 것과는 상반되게, 명령을 내린 팀장은 그럴 줄 알았다는 듯 한숨만 내쉬었다.

상대는 이미 알려질 대로 알려진 국가 공인 마스터였다.

괜히 초인이라고 불리는 게 아니다.

거기다 특히 베이스퍼는 그 누구보다 국가 공인 마스터의 자리에 오래 있었으니 이런 저격쯤은 오히려 가까이서 자동소총을 난사하는 것보다 막기 쉬울 것이다.

하지만 막혔다고 해서 저격을 멈출 수는 없었다.

왜냐하면 스페츠나츠가 시간을 끌어줘야 본대가 조금이라도 더 가까이 이곳에 올 수 있으니 말이다.

당장에라도 이들 마스터 중에 한두 명이라도 지금 오고 있는 본대를 향해 달려들 것을 상상하면 온몸에 소름이 돋았다.

"…응?"

다시 저격을 하기 위해 저격수가 라이플의 조준경을 최대

로 해서 베이스퍼가 아닌 다른 마스터를 찾는 도중 갑자기 놀
란 표정이 되었다.

"왜 그래?"

팀장이 좀처럼 놀라지 않던 저격수가 놀라자 물었다.

"팀장님."

"왜 그리 놀라? 마스터가 달리 초인이라 불리는 줄 알아?
이제 와서 놀라기는."

"저… 그게 아니라… 알렉산드로를 봤습니다."

"응?"

저격수의 말에 황급히 드라구노프를 빼앗다시피 해서 조
준경으로 살펴본 팀장은 몸을 흠칫 떨었다.

"젠장……."

그리고는 천천히 드라구노프를 내려놓는 그의 표정이 그
리 좋아 보이지 않았다.

"왜 저 사람이 저기에 있는 거지."

이미 러시아에서 알렉산드로의 반역 행위는 무죄로 결정
난 상태였다.

아무런 증거가 더 이상 나오지 않자 스페츠나츠에서 본격
적으로 항의한 것이다.

증거가 없으니 반역이라고 몰아붙이던 정부도 어쩔 수 없
이 한발 물러서기로 한 것이다.

스페츠나츠와 군부를 상대로 똥배짱 부려봐야 이득이 없으니 말이다.

그런데 스페츠나츠에서 왜 알렉산드로에게 그토록 민감하게 반응했을까?

이유는 너무나 간단했다.

스페츠나츠에 몸담고 있던 시절, 알렉산드로에게 목숨을 구해진 녀석은 수도 없이 많았다. 그만큼 알렉산드로는 유명했다.

힘 좀 쓴다고 거들먹거리던 놈들도 알렉산드로의 도움은 한 번씩 받았을 정도이니, 스페츠나츠라는 이름을 달고 그를 모르는 이들은 없었다.

거기다 알지도 못하는 외부인의 명령에 군부가 좌지우지되는 것을 군부에서 좋아할 리도 없고 말이다.

그러다가 알렉산드로의 사건이 터지자 그동안 기다렸다는 듯 정부를 압박하기 시작했다.

거기다 처음에 알렉산드로를 반역자라고 하면서 난리치던 정부도 증거 없이 오직 추측만으로 몰아붙이기에는 한계에 다다른 것이다.

가장 난리를 친 곳이 바로 스페츠나츠였다.

최고의 엘리트 중의 엘리트라고 자부하는 스페츠나츠 내부에서 반역자가 나왔다는 것을 그들 스스로가 납득하지 않기도 했지만, 이래저래 그동안 얽히고 쌓였던 것이 폭발한 것이다.

그런데 알렉산드로는 돌아오지 않았다.

이미 영국에 알렉산드로의 무죄를 알렸지만 알렉산드로 본인이 귀환하는 것을 거부한 것이다.

결과적으로 러시아 쪽에서 보면 유능한 전설적인 군인 하나를 잃어버린 셈이다.

그런데 그런 전설의 알렉산드로가 지금 마스터들 사이에 있는 것이다.

"어떻게 할까요?"

저격수가 팀장에게 슬쩍 물어보자 팀장도 난감한 표정이었다.

그냥 무력만 높은 초인들의 집단이라고 생각했던 사람 중에 스페츠나츠의 전설로 통하는 군인이 끼어 있으니 이제 자신들이 뭘 하더라도 먼저 간파당할 위험이 너무나 높은 것이다.

거기다 지금 정확하게 자신들 쪽을 바라보고 있는 베이스 퍼의 눈빛을 보니 이미 자신들은 발각된 것이나 다름없었다.

어째서 당장 달려와 목을 따지 않는지는 모르지만 겨우 몇 명의 특수부대원으로 상대할 사람은 절대로 아니었다.

한편 이렇게 알렉산드로의 존재로 인해 스페츠나츠의 저

격이 갑자기 멈춰 버리자 베이스퍼도 고개를 갸웃거렸다.

최소 50발은 넘게 저격용 총알이 날아올 걸로 생각했던 것이다.

물론 지금 당장 달려가서 베어버릴 수도 있다.

하지만 그러지 않는 것은 흩어지면 흩어질수록 변수가 생길 위험이 많기 때문이다.

지금 자신들은 무력으로 일인군단이라 불리는 마스터이다.

하지만 전투란 언제 어떤 변수로 뒤집어질지도 모르는 것이고, 그것을 베이스퍼가 모를 리가 없었다.

한마디로 지키는 자는 변수가 적을수록 안전하고 공격하는 자는 변수가 많을수록 이득이 되는 것이다.

물론 지금은 알렉산드로라는 특이한 변수 때문에 스페츠나츠의 공격이 멈췄지만 말이다.

"스페츠나츠라면 아마 저 때문일지도 모르겠군요."

알렉산드로는 방금 총알이 날아온 방향과 거리, 베이스퍼가 막은 총알의 파편을 보고는 금방 알아챘다.

"드라구노프……."

드라구노프가 저격에 유능한 총이긴 하지만 애초에 만들어진 목적이 장거리 분대 지원 소총이기에 저격용 라이플보다는 부족했다. 하지만 그런 드라구노프로 저 거리에서 정확하게 베이스퍼를 노렸다는 것은 모두 저격수의 실력이란 말이고, 그런 실력을 가지고 있는 러시아 군인은 오직 하나뿐이었으니 말이다.

"……."

이곳에 있는 이상 어차피 스페츠나츠와 만날지도 모른다고 생각은 했다.

아니, 러시아군이 출동하고 특수부대가 가까이 내려왔다는 말을 듣고 이미 대충 알았다.

하지만 스페츠나츠가 아닐 수도 있으니 우선 가만히 있었던 것이다.

하지만 좀 전의 저격으로 확실하게 스페츠나츠라고 확신한 알렉산드로는 입맛이 썼다.

분명 저 속에 자신에게 생명을 맡겼던 동료가 있을 것이다.

반대로 자신이 생명을 맡겼던 동료가 있을 수도 있다.

웬만하면 마주치기 싫은 사람들을 알렉산드로는 마주친 것이다.

"그냥 물러갔으면 좋으련만……."

싸우고 싶지 않은 상대, 알렉산드로에게는 스페츠나츠가 바로 그런 존재였다.

비록 이렇게 지금은 적으로 만났다 할지라도 말이다.

거기다 러시아군을 상대해야 하는 알렉산드로는 그리 마

음이 좋지 않았다.

백련교 녀석들이야 어차피 인간이길 포기했으니 상관없지만 지금 달려오고 있는 러시아군은 아무래도 껄끄러웠다.

하지만 그런 알렉산드로의 상념도 그리 오래가지는 못했다.

투투투타타타타타!

"MI—35……."

알렉산드로는 프로펠러 소리만 듣고도 뭔지 대번에 알아채고는 인상을 찡그렸다.

러시아가 자랑하는 공격용 헬리콥터인 MI—35 열 대가 드디어 모습을 드러낸 것이다.

미사일이 완전 무력화되자 최대한 빠르게 공격용 헬리콥터가 날아왔다.

아무리 마스터라고 해도 상대는 열 대의 공격용 헬리콥터다. 하늘을 자유롭게 날아다니지 않는 한 이건 누가 봐도 불보듯 뻔한 결과였다.

하지만 MI—35를 보고도 그 누구 하나 긴장하는 이가 없었다.

특히 알렉산드로도 인상을 찡그리기만 할 뿐 MI—35를 피하거나 반격할 준비조차 하고 있지 않는 것이다.

다만 현중만 한번 바라보고는,

"MI—35입니다. 러시아가 자랑하는 공격용 헬리콥터로 미군의 아파치와 비교해도 결코 떨어지지 않을 겁니다."

그 한마디만 했다.

애초에 이번 작전을 실행하면서 마스터들과 현중은 서로 영역을 철저하게 나누기로 했다.

사람과 마족은 마스터들이 책임지고 막는다.

하지만 그 외의 모든 공격은 현중이 막기로 말이다.

물론 미사일을 공간 굴절 마법으로 황당하면서도 허무하게 되돌려 주는 것을 확인하지 않았다면 어느 정도 불안감이 있었을지도 몰랐다.

하지만 미사일조차도 너무나 손쉽게 처리하는 현중의 능력을 봤는데 공격용 헬리콥터라고 별다를 게 없었다.

파괴력으로 보면 MI—35 백 대보다 미사일 네 기가 더 위력적이니 말이다.

끼이잉!

사정거리에 들어왔는지 MI—35의 정면에 장착되어 있는 기관총의 총구가 일제히 현중이 있는 곳을 향했다.

MI—35에서 공격 준비를 위해 기관총의 총구를 움직이는 것과 동시에 현중은 슬쩍 발을 올렸다 땅을 힘차게 찍으면서 진각을 일으켰다.

쾅!!

후두두둑!

현중의 진각이 너무나 강해서인지 땅속에서 수십 개의 돌 멩이가 폭죽이 발사되듯 하늘로 솟아올랐다.

꾸욱!

그리고 현중이 주먹을 불끈 쥐면서 마나를 활성화시키자,

펄럭!

현중의 등에서 마나의 날개가 활짝 펴졌고, 몸에서는 푸른 아지랑이까지 피어오르고 있었다.

다들 도대체 현중이 뭘 하려고 하는지 영문을 알 수 없다는 듯 바라보고 있는 그때,

후두두둑!

조금 전 진각의 충격으로 하늘 위로 솟아올랐던 돌멩이들 이 떨어져 내리기 시작했다.

펑!

떨어지는 돌멩이를 향해 마나를 가득 실은 현중의 주먹이 한번 움직이자 공기를 찢어발기는 듯한 소음과 함께 소리만 큼 강한 공기의 진동이 퍼져 나갔다.

퍼엉!!

"협!!"

현중의 주먹이 한 번 움직였을 뿐인데 놀랍게도 공격 준비 를 하던 MI−35 한 대가 엄청난 폭발을 일으키면서 그대로

추락하는 게 아닌가.

하지만 그런 놀라움도 잠시, 방금 그것은 시작에 불과했다.

펑펑펑펑펑!!

하늘로 솟아오른 돌멩이는 몇 개인지 세지도 못할 만큼 많았다.

그리고 그만큼 크기도 다양했다. 하지만 현중에게 그런 것은 아무런 문제가 되지 않았다.

크기가 크든 작든 마나를 실어서 날려 보낼 수만 있으면 크기 따위는 이미 의미가 없었으니 말이다.

하지만 마스터들이 이처럼 놀라는 것은 그 폭발력 때문이었다.

돌멩이에 마나를 실어서 날리는 건 이곳의 마스터 누구라도 할 수 있었다.

하지만 현중처럼 돌멩이에 마나를 실어 날려 전투용 공격 헬리콥터를 추락시킨다는 건 어림도 없었다.

기본적으로 방탄 처리가 되어 있는 공격용 헬리콥터의 특징도 있지만 미사일을 맞지 않는 이상 방금처럼 엄청난 폭발력을 일으킬 수가 없기 때문이다.

"마나를 폭발시켰군."

하지만 눈치를 챈 사람도 있었다.

방금 현중이 MI—35를 공격한 것과 비슷한 방법을 기술로 사용하고 있는 백호연은 너무나 부자연스러운 헬리콥터의 폭발을 보고는 바로 알았다.

자신이 마나를 폭발시키듯 현중은 돌멩이에 마나를 실어 날려 헬리콥터 내부를 뚫고 집어넣은 다음 마나를 폭발시켰다는 것을 말이다.

사실 백호연은 자신의 기술인 공폭이라면 전차도 단신으로 무력화시킬 자신이 있었다.

그만큼 파괴력만큼은 현재의 마스터 중 최고였으니 말이다.

하지만 단점도 있었다.

그건 바로 백호연이 직접 몸으로 뛰어들어야 한다는 것이다.

자신의 마나를 충돌하는 순간 폭발시키는 기술인 만큼 필연적으로 백호연이 직접 몸으로 부딪쳐야 했다.

하지만 현중은 별것 아닌 돌멩이에 마나를 실어 날려 보내 폭발시켜 버린 것이다.

그것도 웬만한 요격용 미사일은 상대도 안 되는 정확도와 파괴력으로 말이다.

쾅!!

쾅쾅쾅쾅!!

요란하면서도 엄청난 포스를 뿜어내면서 등장한 공격용

헬리콥터인 MI—35는 등장한 것과 다르게 허무하리만큼 쉽게 추락해 버렸다.

그것도 총알 한 번 쏴보지 못하고 말이다.

하늘에 떠 있는 비상 탈출용 낙하산과 낙하산에 매달려 있는 MI—35의 조정석을 보니 인명 피해는 없어 보였다.

일부러 현중은 탈출할 시간을 주었고, 조종사들이 탈출하고 난 후 폭발시켰기 때문이다.

꾸벅.

알렉산드로가 현중이 일부러 그랬다는 것을 알고 러시아군을 상대로 봐준 것에 감사하자 현중은 웃을 뿐이다.

하지만 진짜 문제는 이제부터였다.

스페츠나츠와 전투용 헬리콥터는 그나마 현중이 어떻게 처리할 수 있을 것이다.

하지만 지금 몰려오고 있는 수만의 지상군은 어떻게 할 방법이 없었다.

전차야 현중이 맡아주겠지만 군인들은 마스터들이 상대해야 했다.

그것도 자동소총으로 무장한 엄청난 숫자의 사람들을 말이다.

Chapter 05
체첸 반군

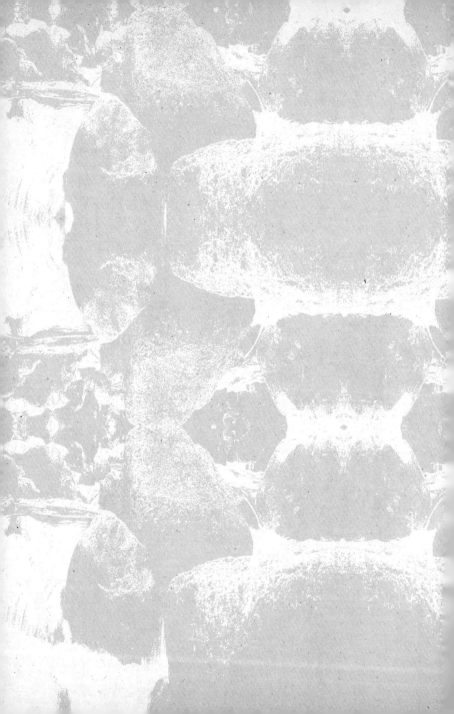

"……!"

러시아 지상군의 공격을 기다리면서 긴장감을 세우고 있던 베이스퍼는 갑자기 언덕에서 자신들을 감시하던 스페츠나츠가 물러나는 것을 느꼈다.

거기다 귀가 따갑도록 들리던 러시아군의 진격 소리도 갑자기 사라져 버렸다.

"어찌 된 일이지?"

이제 몇 킬로미터만 오면 서로 맞닥뜨릴 수 있는 거리까지 밀고 들어온 러시아군이 돌연 멈추자 베이스퍼도 이상했는지

옆을 보았다.

알렉산드로가 인상을 찌푸렸다.

"설마 지금 여기서 물러나는 건가?"

알렉산드로는 자신의 경험과 지금까지의 모든 상황을 봤을 때 진군을 멈출 이유가 없어 보였다.

물론 미사일이 무력화되고 MI—35 열 기가 허무하게 추락했다.

지금 여기서 러시아군이 멈춘다면 손해만 엄청나게 입고 얻는 것이 없었다.

즉, 물러날 이유가 없는 것이다.

그렇지만 알렉산드로가 이렇게 생각하는 이유는 바로 스페츠나츠가 물러나면서 한 가지 신호를 남기고 갔기 때문이다.

스페츠나츠들만 서로 통하는 신호가 제법 있다.

그리고 그중에서 알렉산드로가 알아본 신호는 바로 자신이 만들어 사용했던 신호로, 후퇴를 알리는 것이었다.

최전방에 있던 스페츠나츠가 후퇴한다는 신호를 남기고 물러났다.

그리고 러시아군의 진격이 갑자기 멈춰 버렸다.

그럼 결론은 하나였다.

스페츠나츠는 전쟁 시 최전방을 넘어 적진에 침투, 최대한

적을 교란시켜 조금이라도 전쟁을 승리로 이끌 수 있는 방법
과 능력을 발휘하는 곳이다.

그런데 그들이 후퇴한다는 것은 기만 작전이나 그런 것이
아니라 말 그대로의 후퇴였다.

총 한번 쏴보지 못하고 러시아군은 그대로 물러난다는 것
이다.

"허어, 설마 했는데……."

알렉산드로의 말을 듣고 설마 했던 것이 맞아떨어지자 베
이스퍼는 놀랐다.

얻는 것 하나 없이 잃기만 하고 러시아군은 쓸쓸히 물러나
고 있는 것이다.

그것도 바로 몇 킬로 앞에 엄청난 오리하르콘을 두고서 말
이다.

현중도 갑자기 러시아군이 물러나자 슬쩍 김이 빠졌다.

마치 전부 쓸어버릴 것처럼 요란하게 달려들 때는 언제고
겨우 미사일과 전투용 헬리콥터 열 기 추락시켰다고 물러나
는 것에 말이다.

거기다 서두르는 기색이 너무나 역력해 보이기까지 했다.

러시아군의 후퇴를 지켜보던 현중은 눈치를 챘다.

웬만한 일이 아니고는 군부대가 진격 도중에 후퇴하는 경
우는 거의 없음을 군대에 다녀온 그도 잘 알고 있으니 말이다.

"뭔가 터졌군."

오리하르콘을 눈앞에 두고서도 돌아가야 할 만큼 뭔가 급박한 일이 러시아 내부에 터졌다는 결론밖에 나오지 않았다.

뭐 어쨌든 결과적으로 현중에게는 러시아군이 이대로 들이닥쳤다고 해도 크게 문제될 것이 없지만 알아서 물러나 준다면 그것 또한 수고로움을 덜 수 있으니 나름 좋았다.

쾅!

하지만 백호연은 이대로 조용히 러시아군이 물러나는 것이 마음에 들지 않는 듯 권갑을 낀 채 양 주먹을 맞부딪치면서 불만스레 소리를 냈다. 그래도 백련교를 처리한 것 때문인지 별말은 없었다.

알렉산드로만 속으로 러시아군과 부딪치지 않았다는 것에 한숨을 내쉬면서 안도할 뿐이었다.

"빠르군."

"그러게요. 달려들 때보다 더 빠르게 물러나는 게 어째영……."

"흠……."

처음에는 마스터들도 그냥 물러나는 게 다행이라고 생각했지만 뭔가 이상했다.

마치 쫓기듯 빠르게 후퇴하는 러시아군의 모습이 어딘가 이상한 것이다.

뒤에서 마스터들이 공격하지 않을 것을 알고 있는 듯 뒤도 안 돌아보고 무작정 후퇴하는 것이다.

사실 후퇴하는 것도 그냥 물러난다고 되는 게 아니었다.

특히나 지금 러시아군의 후퇴를 감각으로 느끼고 있는 알렉산드로는 뭔가 이상했다.

전투에서 사망자가 가장 많이 나오는 때가 총알이 빗발치는 전시 상태라고 생각하는 경우가 많다.

물론 전쟁에서 격돌이 일어나면 필연적으로 사망자가 많이 나온다. 그건 더 이상 설명할 필요도 없다.

하지만 군사 전문가들이 입을 모아 말하길, 총알이 빗발치는 전시상태와 맞먹거나 혹은 그 몇 배 이상의 사망자가 나오는 때가 있다 한다.

이건 총이나 화약류 무기가 없던 과거에도 그랬고 과학이 발전한 현대에도 크게 차이가 없는 것으로, 바로 후퇴할 때였다.

후퇴할 때 실종자, 사망자, 부상자가 가장 많이 생긴다.

거기다 전황이 불리해서 어쩔 수 없이 급하게 물러나야 할 때도 뒤쪽부터 단계별로 후퇴하는 게 군대에서는 기본 중의 기본이다.

하지만 지금 러시아군이 물러나고 있는 모습을 보면 마치 쫓기듯 수만의 군대가 일제히 후퇴하고 있다.

거대한 자연재해를 앞두고 도망치는 사람들의 모습과 흡사 비슷하게 느껴지기까지 했다.

뭐 실제로 러시아군이 총을 집어 던지면서까지 후퇴하거나 그런 건 아니지만 후퇴하는 속도가 너무나 빠르기에 그렇게 느끼고 있는 것이다.

"혹시……."

알렉산드로는 러시아 스페츠나츠에 있었기에 지금 자신들에게 러시아군의 30%가 집중되어 있었다는 것을 잘 알고 있었다.

물론 현중과 마스터들이 있는 이상 자신들이 패배한다는 생각은 눈곱만큼도 없었다.

그런데 지금 이런 상황을 러시아 군부가 알고 있을까 하는 생각이 들었는데 알렉산드로는 아니라고 판단했다.

애초에 알았다면 핵탄두를 쐈을 것이다.

결론적으로 핵탄두라고 해도 소용없겠지만 말이다. 그럼 지금 이렇게 허둥지둥 물러나는 러시아군의 모습과 상황에 안 맞는 급반전의 모습을 생각하다 보니 알렉산드로의 뇌리에 스치듯 한 가지 추측이 떠올랐다.

그리고 그걸 물어보기라도 하듯 알렉산드로는 현중의 곁으로 다가와서는,

"러시아 내부에 무슨 일이 생겼군요."

현중은 이미 알렉산드로라면 가장 먼저 눈치를 챘을 것으로 생각하고는 고개를 끄덕였다.

　러시아의 상황과 군대의 구성 및 웬만한 것을 거의 알고 있는 알렉산드로가 눈치를 못 챈다면 말이 안 되는 것이기도 했다.

　"체첸 반군이 러시아 수도를 공격했다는군요."

　"……!"

　현중의 말을 들은 알렉산드로는 놀란 얼굴이었다가 곧 입을 굳게 다물어 버렸다.

　역사적으로 체첸 반군과 러시아 사이에 감정의 골이 깊은 것은 세계적으로 유명했다.

　거의 이스라엘과 팔레스타인의 전쟁처럼 오래되었고, 그만큼 서로 적이라는 것에 한 치의 의심도 없는 것이 바로 러시아와 체첸 반군이었다.

　이 대립은 체첸족과 러시아와으 싸움이었다.

　이스라엘과 팔레스타인의 전쟁처럼 영토 분쟁이나 그런 게 아니라, 체첸 반군은 자신들의 민족성을 걸고 하는 전쟁이었다.

　영리나 이익을 위해 하는 전투가 아니기에, 그만큼 치열했고 무서운 전쟁이기도 했다.

　체첸족은 옛날부터 중앙아시아에 거주했던 사람들이다.

당연히 전통적으로 독립을 누리면서 살았지만 러시아라는 강대국 옆에 있으니 알게 모르게 엄청 치이면서 살았다고 한다.

시작은 강대국인 러시아가 체첸족의 독립을 인정하지 않고 흡수하려고 한 데 있었다.

흡사 일본이 한국을 식민지화했을 때 했던 민족성 말살과 비슷한 짓을 했다고 보면 된다.

하지만 저항은 심했고, 결과적으로 1920년에 자치주를 설립했다.

거기다 1930년도에 들어서 자치 공화국까지 세울 만큼 나름 발전을 한 상태였다.

하지만 2차대전 시 독일군에 협력한 사실이 드러나면서 중앙아시아로 강제 추방당해 버렸고 자치 공화국 또한 사라진 것이다.

'젠장, 체첸 반군이면 심각하겠군.'

그렇게 쫓겨난 체첸족은 1957년 흐르시초프 통치 시절에 유배자들은 귀환이 가능해졌고, 다시 자치 공화국을 세웠다.

하지만 과연 그렇게 세워진 자치 공화국이 제대로 돌아갈까?

현실을 말하자면 절대로 아니었다.

물론 소련이 빵이 없어 몰락을 했지만 소련(소비에트연방)

의 맹주 자리를 러시아가 그대로 물려받았고, 더불어 체첸족
의 완벽한 독립을 꿈꾸는 것조차 러시아는 용납하지 않고 있
는 상황이었다.

한마디로 이해하기 쉽게 설명하자면, 체첸 반군은 일제 식
민지 시절의 해방군이고 러시아는 일본이라고 생각하면 되는
것이다.

체체니아 사람들에게 체첸 반군은 민족의 영웅이지만 러
시아의 입장에서 보면 누가 봐도 반군이었다.

한마디로 어느 한쪽이 무너져야 끝나는 전쟁이 바로 체첸
반군과 러시아의 전쟁이라고 할 수 있었다.

'하지만 모스크바를… 공격하다니……'

모스크바를 공격했다는 말은 전면전을 선포하는 것이나
다름없었다.

체첸족 자체가 러시아를 상대로 명함도 못 내밀 만큼 적은
숫자였다.

그렇기에 지금까지 게릴라전으로 움직였다.

그런데 그런 체첸 반군이 모스크바를 공격했다? 미친 짓이
다.

이곳에 수만 명의 군인이 출동했고, 거의 러시아군의 30%
정도가 왔다고 하지만 순수하게 군인의 숫자를 놓고 봤을 때
30%이다.

그 외를 빼면 실제로 5%의 전력도 안 온 것이나 마찬가지였다.

오리하르콘을 옮기기 위해서 군인이 많이 필요했을 뿐이었기에 그런 것이다.

그런데 그사이에 모스크바를 공격했다니 말이 안 된다.

우선 모스크바를 안정화시키면 불 보듯 체첸족의 어린아이 하나까지 씨를 말려 버릴 것이 뻔한 보복성 공격이 가해질 게 확실하니 말이다.

"걱정됩니까?"

현중이 무심한 표정으로 알렉산드로에게 물어보자,

"……."

잠시 생각해 보던 알렉산드로는 한숨을 내쉬더니,

"걱정이라……. 그래도 태어나고 살아왔던 고향이니 그런 생각이 안 드는 것도 아닙니다. 하지만 정확하게 말하자면 그냥… 그렇군요. 러시아가 저를 버린 순간 저 또한 러시아를 잊고 살기로 했으니까요."

지금 완전한 마스터에 오른 알렉산드로의 현재 상태가 러시아에 알려진다면 아마 러시아에서는 어떻게든 모셔가려고 난리칠 것이다.

그렇지만 달면 삼키고 쓰면 쓰레기처럼 내다버리는 러시아 정부의 모습에 알렉산드로는 치가 떨려 정나미가 이미 떨어진 상태였다.

거기다 영국에서 치료받고 있는 자신의 딸 때문이라도 러
시아로 돌아가는 것은 거부하고 싶었다.

러시아로 가는 순간 러시아 정부는 거의 99% 확률로 자신
의 딸을 볼모로 잡고 부려먹을 게 뻔하니 말이다.

"이미 버린 곳을 다시 찾아가는 건⋯⋯."

현중이 조용히 말하면서 알렉산드로에게 말하자 알렉산드
로는 현중이 무슨 말을 하고 싶은지 알고 있다는 듯 대답했
다.

"바보나 하는 행동이죠. 그리고 전 바보가 아닙니다. 지켜
야 할 것이 있기에."

알렉산드로의 굳은 눈동자를 본 현중은 씨익 웃었다.

"사이언톨로지가 체첸 반군을 돕고 있더군요. 미국까지 개
입한 상태입니다."

"⋯⋯."

알렉산드로는 현중의 말을 듣는 순간 자신의 생각을 알아
보고 말해준 것이라는 것을 알았다.

즉, 러시아에 아직도 향수를 가지고 있거나 흔들리고 있다
면 방금 전처럼 미국의 개입이나 사이언톨로지에 대해서 말
하지 않았을 것이다.

그만큼 심각하다는 것을 간단하게 말해준 것이다.

그리고 미국이 개입했다는 말에 알렉산드로는 너털웃음 지었다.

왜 미국이 개입했는지 안 봐도 뻔했다.

"오리하르콘 때문이군요. 미국이 개입한 게."

알렉산드로의 말에 현중은 고개를 끄덕이면서,

"이미 한 번 발굴을 했고 두 번째도 오리하르콘이 발굴됐으니… 세 번째, 네 번째도 나오지 말라는 법이 없으니까요. 그리고 이 정도 크기면 충분히 전쟁을 치르고도 남는 장사이지 않나요?"

현중이 테른이 꺼낸 커다란 오리하르콘을 보면서 말하자 알렉산드로도 고개를 끄덕일 수밖에 없었다.

사실 1회용 라이터 크기만 한 걸로 100년의 원자력을 대신할 수 있는 꿈의 자원이다.

러시아를 뒤집어엎어서라도 차지한다면 결코 손해 보는 장사가 아닌 것이다.

거기다 미국은 이미 자원에 대해서라면 눈에 불을 켜고 어떻게든 자신들이 독차지하려고 난리치는 국가가 아닌가?

결과적으로 러시아나 체첸 반군이나 모두 미국의 손아귀에 놀아나고 있는 것이다.

하지만 이것은 현중에게 좋은 상황이 아니었다.

'전쟁이 일어나면 안 되는데 말야.'

현중은 최대한 피를 적게 흘리는 선에서 마무리하려고 했지만 뜻하지 않게 미국이 돌발행동을 하면서 결과적으로는 전쟁이 터지고 말았다.

—마스터, 제가 처리할까요?

테른은 현중의 미간이 살짝 찡그려지는 모습에 나서려고 했지만 현중은 고개를 흔들었다.

"아니야. 왠지 느낌이 안 좋아. 마치 너나 나를 끌어내리려고 하는 것 같은 느낌이 들어서 말이야. 거기다 너무나 절묘하지 않아? 마치 기다렸다는 듯 체첸 반군이 러시아 수도를 공격하고 미국이 개입하는 것도 그렇고."

—물론 그렇긴 합니다만, 결과적으로 러시아와 미국의 전쟁이 다시 시작될 것은 뻔합니다. 지금 막지 않으면 3차대전이 일어날지도 모릅니다.

"그렇겠지."

이미 구소련 시절부터 미국과 관계가 안 좋던 러시아다.

그런데 체첸 반군의 뒤를 봐주면서 러시아를 공격했으니 이대로 넘어갈 리가 없었다.

—마스터께서 원하는 바가 아닌 것을 알고 있습니다. 명령하시면 제가 미국 대통령을 목을 잡아끌고 오겠습니다.

"대통령… 대통령……."

테른은 합리적으로 생각했을 때 최고 명령권을 가진 대통령을 끌고 오면 우선 급한 불은 끌 수 있다고 생각하는 듯했지만 현중은 고개를 다시 저었다.

"미국 상원, 하원의원을 모조리 죽여 버리지 않는 이상 힘들 거다. 대통령이 납치되는 순간 명령권은 부통령에게 떨어질 거고, 그다음은 다른 명령권자에게 떨어지겠지. 결국 전쟁은 벌어지게 되어 있어."

─알겠습니다.

물론 하루 정도면 테른의 지금 능력으로 미국의 상원, 하원의원을 모조리 바다 속으로 던져 버릴 수 있다.

아무런 흔적도 없이 말이다.

하지만 현중의 명령이 없으면 테른은 움직이지 않는다.

움직일 수 없는 게 아니라 굳이 현중의 명령을 어겨가면서까지 독단적으로 움직일 만큼의 값어치가 없다는 게 더 정답일 것이다.

미국이 아무리 강해봐야 결국 인간이 만든 국가다.

마족인 테른에게는 탐나는 것이 아니었다.

"그보다 뭔가 냄새가 많이 나는데……."

사건이 너무 딱딱 맞아떨어진다.

그동안 절대 움직이지 않았던 사이언톨로지가 갑자기 러시아 수도를 공격하다니.

마치 오랫동안 때를 기다렸다가 실행에 옮긴 듯하지 않은가.

하지만 어떻게?

현중이 오리하르콘으로 적을 유인할 것이라는 작전 자체가 현중 개인의 머릿속에서 나온 것이다.

그러니 미리 알고 때를 기다렸다는 것은 말이 안 되는 상황이다.

테른이 배신했다면 아마 가능할 것이다.

하지만 테른이 뭣 때문에 현중을 배신한단 말인가?

그리고 테른에게 얻는 것 하나 없는 미국과 러시아의 전쟁을 부추겨서 뭐한단 말인가?

테른의 배신 자체가 현중에게는 생각할 가치도 없는 것이었다.

―마스터.

"응?"

―단 한 가지 가능성이 있습니다.

"가능성?"

―네.

현중은 미국이 오리하르콘이 탐이 나서 그랬을 것이라고 생각하니 더욱 복잡하게 머릿속이 꼬여가지만 테른은 현중이 생각하지 못한 한 가지 가능성을 떠올렸다.

―벨제뷔트라면 전쟁을 일으킬 만한 충분한 이유가 됩니다.

"벨제뷔트… 마왕… 살육과 죽음을 사랑하는 녀석……."

벨제뷔트가 좋아하는 것, 그 성격을 생각하자니, 테른의 말에도 현실성이 있었다.

만약 사실이라면 미국조차도 꼭두각시에 불과할지도 모른다.

"골치 아프군."

만약에 그렇다면 진짜 골치 아픈 상황이었다.

지금 러시아의 상황 자체가 100% 현중이나 테른 둘 중 하나를 꾀어내려는 함정일 가능성이 높으니 말이다.

―마스터, 제가 가겠습니다.

"벨제뷔트 때문이겠지?"

―네. 죄의 대가는 받아야 합니다.

벨제뷔트가 지금까지 왜 조용했는지는 모른다.

아니, 이유에 대해서는 이미 상관할 것이 없었다.

지금 이 순간 벨제뷔트의 행동 자체가 중요하기 때문이다.

그리고 벨제뷔트가 전쟁, 그것도 대규모 세계대전으로 번질 수 있는 전쟁을 일으키려고 하는 이유는 너무나도 단순하기에 금방 알 수 있었다.

마왕으로서의 힘을 회복하려는 것이다.

그리고 그 말은 반대로 테른에게 벨제뷔트를 처리할 수 있는 기회이기도 했다.

소멸했던 마왕이 어떻게 다시 나타났는지 모르지만, 인간의 영혼으로 힘을 키우는 마왕의 능력을 생각하면 지금이 아마 최고의 시기일 것이다.

바로 벨제뷔트를 처리하는 데 말이다.

하지만,

"너 벨제뷔트가 어디 있는지는 아냐?"

―모릅니다.

"그럼 가만히 있어."

괜히 흩어져 봐야 좋은 꼴 못 보기에 현중은 간단하게 막아 버렸다.

그런데 현중은커녕 테른도 예상하지 못한 상황이 벌어져 버렸다.

제 발로 벨제뷔트가 나타난 것이다.

이제 열다섯 살이나 되어 보일까 하는 붉은 빛깔의 머리카락을 가진 소년이 천천히 언덕을 걸어 내려오고 있었다.

그 소년을 처음 발견한 건 베이스퍼였다.

언제나 사방을 주시하면서 감시를 늦추지 않았기에 가장 먼저 발견했다.

베이스퍼는 즉각 소년을 경계했다.

그 이유는 바로 너무나도 어울리지 않는 옷차림 때문이었다.

이곳은 러시아다.

아무리 지금 겨울이 아니라고 해도 러시아는 추웠다.

하지만 지금 걸어오고 있는 소년은 적도 지역의 더운 지역에서나 볼 수 있는, 어깨가 훤히 드러난 헐렁한 티셔츠에 제법 낡아 구멍이 뚫려 있는 반바지를 입고 있었다.

거기다 맨발로 걸어오고 있는 것이다.

상식적으로 말이 안 되는 상황이었다.

자신들이야 마나의 힘으로 추위를 막아내기에 굳이 옷차림에 구애를 받지 않고, 레이스의 경우를 보면 따로 현중이 챙겨줬기에 괜찮았다.

러시아의 추위는 뼈를 침투하는 한기라는 표현이 맞을 만큼 춥기도 하지만 온몸이 시리는 고통 때문이라도 절대로 반바지를 입고 돌아다닐 수 있는 곳이 아니었다.

거기다 지금 여기는 아르카임 스톤헨지로, 러시아에서도 꽤나 먼 외곽이라 바람이 더 시리고 추운 편이었다.

"이런, 먼저 올 줄은 몰랐군."

소년을 보면서 긴장하고 있는 베이스퍼 옆에 언제 왔는지 현중이 한마디 하더니,

"저 녀석은 제가 맡겠습니다."

그 말을 끝으로 소년을 향해 천천히 걸어가기 시작했다.

"현중 군?"

베이스퍼는 현중이 굳이 나선다는 말에 고개를 잠시 갸웃거렸다가 곧 표정이 딱딱하게 굳어졌다.

마스터는커녕 러시아군의 미사일 공격조차 대수롭지 않게 여기던 현중이 직접 나섰다.

백련교의 녀석들이 공격할 때도 현중은 한 발짝도 움직이지 않고 오리하르콘 곁에 있었다.

그런데 그런 현중이 먼저 나선다?

"젠장, 마족을 넘어선 존재인가?"

현중이 나섰다는 것 하나만으로도 자신들이 상대할 수 있는 수준의 존재가 아니라는 것은 바로 알 수 있는 베이스퍼였다.

"어르신, 저기… 왜? 갑자기?"

알렉산드로도 현중이 움직이자 궁금했는지 다가와 물었지만 베이스퍼는 아무 말도 해줄 수 없었다.

뒤에 남은 마스터들의 궁금증도 커져 갔지만 현중은 그런 것을 일일이 설명해 줄 생각이 없었다.

'마왕이 걸어오니 내가 상대하겠습니다' 라고 친절하게 일일이 설명하는 성격도 아니었고 처음 약속대로 마족 이상의 존재는 자신이 나서야 했다.

특히나 지금 눈앞에 걸어오고 있는 녀석은 더더욱 그랬다.

아무리 초인에 강하다고 해도 기본 레벨이 다르니 말이다.

[오, 직접 나서시려나?]

소년은 어느 정도 거리에 들어서자 멈춰 서는 현중을 향해 감탄의 말을 보냈다. 말투가 어린애의 그것과는 거리가 멀었다.

"훗. 죽음을 한 번 겪고도 모자랐던가, 벨제뷔트?"

[크크크, 내가 이곳에 온 게 의외인 모양이군.]

현중은 소년, 아니, 벨제뷔트의 말에 순순히 고개를 끄덕였다.

"보아하니 마왕으로서의 힘도 회복하지 않은 듯하고, 거기다 인간의 몸에 강제로 들어가 있는 모습을 보니 지구에 발을 디딘 지 얼마 되지 않는 것 같은데 말야."

[아, 맞아. 이제 한 달 정도 되어가나? 뭐, 우선 조용히 있으라고 해서 조용히 있었지.]

"그럼 조용히 있을 것이지 말이야."

현중은 오히려 벨제뷔트를 슬쩍 건드리는 듯하면서 도발시켰다.

[크크크크큭, 역시 마족들이 벌벌 떨 만하구만.]

"그래? 뭐, 나도 마족을 그리 좋아하진 않아."

빠득빠드득.

현중은 손을 들어 손가락을 움직이면서 일부러 소리를 냈다.

"그냥 싫더라고. 마족이란 것들이 말야. 그중에서 특히 마왕이란 녀석들은 더 싫어하고."

현중의 눈빛을 그대로 받고 있는 벨제뷔트는 현중의 말에 씨익 웃으면서,

[그대에게 내가 도전하러 왔다면 이렇게 오지는 않았겠지.]

"도전? 크크크큭."

현중은 벨제뷔트의 도전이라는 말에 순간 소리 내어 웃다가 벨제뷔트를 노려보았다.

펄럭!!

현중의 감정에 마나가 반응해서인지 마나의 날개가 순간적으로 활짝 펴지면서 순식간에 벨제뷔트의 작은 몸을 감싸 버렸다.

[이런, 실수했군.]

벨제뷔트가 마왕의 힘을 되찾는다고 해도 도전이라는 단어는 애초에 마족인 벨제뷔트가 현중에게 해서는 안 되었다.

아니, 긁어 부스럼 만드는 것밖에 되지 않은 것이다.

"단어를 선택할 때 조심하는 게 좋아. 나 말고도 너를 찢어 버리고 싶어하는 녀석이 있으니까."

지금 현중이 참고 있는 것은 녀석이 모습을 드러낸 목적을 알고 싶어서이기도 하지만, 테른 때문에 그냥 들어주고 있을 뿐이었다.

벨제뷔트는 현중의 몫이 아닌 테른의 몫이니 말이다.

[나를… 아, 그 혈족을 말하는군, 테른 프롬발이었나? 크크큭, 배덕자라고 불린다고 들었는데 말야.]

현중이 자신을 어떻게 하지 않을 것이라는 것을 눈치챘는지 벨제뷔트는 슬쩍 간이라도 보듯 현중을 자극하는 말을 툭 던졌다.

그리고 역시나 노려보고 있지만 별다른 행동이 없자 교활하면서도 눈치가 빠른 벨제뷔트는 지금 현중이 자신에게 무력시위를 하고 있음을 깨달았다.

그런 것을 현중이 몰랐을까?

아니다.

오히려 일부러 눈치를 채라고 테른의 존재를 말한 현중은 테른은 자신이 상대할 수 있을 것이라고 철석같이 믿고 있는 벨제뷔트의 모습에 오히려 웃었다.

"눈치는 빠르군."

[천만의 말씀을.]

"헛소리 계속 들어주기에는 내 인내심이 슬슬 바닥을 보이고 있는데, 어쩔 거지?"

[이런이런. 성급하시군.]

아무리 테른 때문에 지금 당장은 손을 대지 않는다고 해도 현중의 힘은 압도적이었다.

그런 상대를 계속 자극할 만큼 벨제뷔트도 바보는 아니었기에 슬슬 지금쯤 자신이 찾아온 목적을 말하고 사라지려고 생각 중이었다.

다만 들었던 것과 다르게 현중의 성격이 많이 누그러졌다고나 할까?

마족만 보면 물불 안 가리고 달려들어 찢어발긴다고 들었는데 의외로 차분한 모습에 장난을 쳐본 것이었다.

하지만 벨제뷔트도 장난은 이쯤에서 멈춰야 한다는 것을 스스로가 잘 알고 있었다. 장난이 도를 넘으면 결국 자신만 죽을 테니 말이다.

[카일라제가 보내서 왔다.]

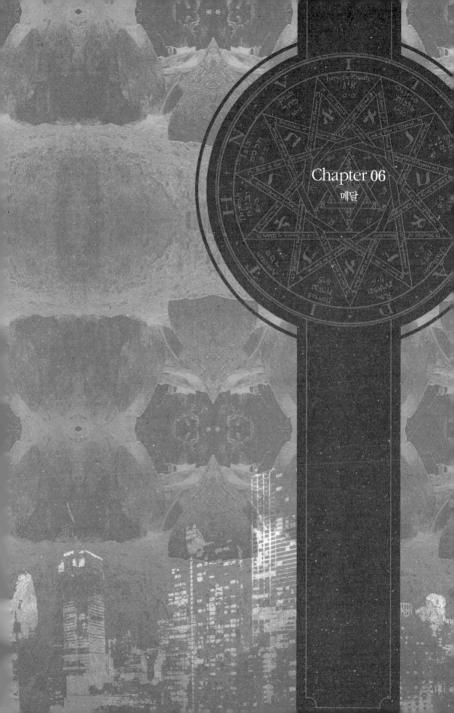

Chapter 06
메달

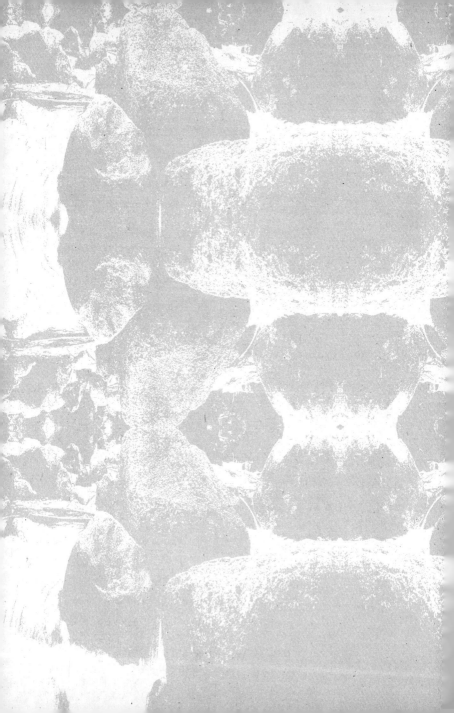

"카일라제가?"

현중도 갑자기 나타난 벨제뷔트의 존재에 어느 정도 카일라제가 연관되어 있을 것이라고 생각하고 있었다.

그걸 알기에 베리얼도 벨제뷔트를 찾기 위해 발바닥에 땀 나도록 뛰어다니고 있는 것이다.

뭐 자기 발로 찾아와 자기 입으로 '나 카일라제 부하야'라고 대놓고 말할 줄은 몰랐지만 말이다.

[상황이 바뀌었거든. 본래라면 그냥 느긋하게 기다리려고 했는데 빨리 자신을 찾아왔으면 좋겠다고 하더군.]

펄럭!!

한순간 현중의 몸에서 엄청난 마나의 울림이 울렸고, 그 울림의 증거로 현중의 등에 솟아난 마나의 날개가 힘차게 한번 펄럭였다.

"크크큭, 카일라제가 직접 오라고 했단 말이지? 사정이 바뀌었다고?"

나긋하게 말하고 있지만 벨제뷔트는 순간 온몸에 소름이 돋는 느낌을 받았다.

'내가 공포를? 설마……. 말도 안 돼.'

벨제뷔트는 마왕이었다.

마왕은 거의 필연적으로 공포를 잘 느끼지 않는다.

거기다 마족은 투쟁의 생물답게 공포로부터 자유로운 편이었다. 그렇기에 태어나서 죽을 때까지 싸움을 좋아하는지도 몰랐다.

그런데 그런 벨제뷔트가 지금 한순간에 바뀌어 버린 현중의 기세에 자신도 모르게 공포를 느끼고 있는 것이다.

"아주 가지고 놀려고 하는구만. 크크큭. 그래, 아주 가지고 놀아. 크크큭."

카일라제의 말을 전하자마자 한순간에 손바닥 뒤집듯 바뀐 현중의 모습에 벨제뷔트는 조금 전까지 자신이 장난친 것을 후회했다.

이건 이야기로 들은 것과는 하늘과 땅 차이인 것이다.

벨제뷔트는 사실 현중을 지금 처음 만난 것이다.

왜냐하면 자신이 소멸해서 마왕의 자리를 뺏겨 마족이 대륙으로 움직였으니 애초에 벨제뷔트가 소멸되지 않았다면 현중과 마족과의 인연이 생기지 않았을지도 몰랐다.

물론 그걸 카일라제가 가만히 지켜볼 리도 없었지만 말이다.

아무튼 현중에게도 벨제뷔트는 별로 탐탁지 않기는 마찬가지였다.

직접적인 테른과 달리 현중은 간접적으로 연결되어 있어 테른에게 양보했을 뿐이지, 지금 당장 현중이 벨제뷔트를 처리해도 테른이 뭐라고 하기도 좀 애매한 관계였다.

[······.]

벨제뷔트는 지금까지 자신이 공포를 느껴본 적이 없기 때문인지 지금 느껴지는 공포의 느낌이 너무나 새로우면서도 두려웠다.

어쩌면 인간의 몸에 들어와 있기에 이런 공포를 더욱 심하게 느끼는지는 몰라도 확실히 현중은 벨제뷔트 자신이 어떻게 해볼 수 있는 존재가 아닌 건 확실했다.

"가서 전해라."

[······?]

벨제뷔트를 내려다보면서 현중이 차갑게 식어버린 눈동자를 응시했다.

"장난에 놀아줬던 만큼 고통이 뭔지 느끼게 될 것이라고 말이다."

[그러지.]

휙!

현중은 그 말을 끝으로 그대로 벨제뷔트에게서 등을 돌렸다.

파삭!

현중이 몸을 움직이자 마나의 날개도 허공에 흩어지듯 사라져 버렸다.

[이걸 전하면 알 거라던데 말야.]

휙!

벨제뷔트는 뒤돌아 서 있는 현중의 머리를 향해 무언가를 던졌다.

왠지 일부러 머리를 향해 던진 듯했지만 사실 벨제뷔트는 던지면서도 지금 이걸 현중이 맞을 것이라고 생각하지 않는 듯한 표정으로 바라보았다.

덥석!

역시나 현중은 고개도 돌리지 않고 슬쩍 목만 움직여 피한 뒤 지나가는 것을 가볍게 낚아챘다.

"벨제뷔트, 장난은 여기까지다."

현중도 벨제뷔트가 일부러 머리를 향해 던졌다는 것을 알고 있기에 나직하게 경고성으로 한마디 했다.

으쓱~

벨제뷔트는 현중의 경고에도 어깨를 한번 으쓱거릴 뿐 별다른 말은 없었다.

하지만 입가의 미소는 숨기지 못하는 듯했다.

[그것에 마나를 집어넣으면 자신에게 올 수 있으니 빨리 오라고 하더군. 너무나 보고 싶다고 말야.]

누가 들으면 헤어진 연인을 기다리는 것이라 착각할 만큼 이상한 말을 전한 벨제뷔트였지만 현중은 그런 벨제뷔트를 쳐다보지도 않고 자신의 손에 쥐어진 돌로 만들어진 작은 메달을 바라보고 있을 뿐이었다.

마치 로마의 휴일에 나와 유명해진 진실의 입과 비슷한 모양의 그림이 새겨져 있는 메달이었다.

무엇보다 세월의 흔적이랄까?

마치 오래된 유물에서나 느낄 수 있을 법한 시간의 흔적을 느낀 현중은 조용히 메달을 움켜쥐었다.

[그럼 난 이만.]

자신의 볼일이 끝났다는 듯 벨제뷔트는 뒤돌아 서 있는 현중을 뒤로하고 자신이 내려왔던 길을 그대로 따라 걸어가기 시작했다.

그런데,

푸석푸석.

벨제뷔트의 걸음이 한 발 한 발 지나갈 때마다 벨제뷔트의
발이 땅속으로 빠져드는 듯했다.

그리고 몇 걸음 걷지도 않았는데 어느 순간 벨제뷔트의 무
릎까지 땅속에 빠져 들어가 있었다.

마치 늪지대를 걷고 있는 듯했지만 여기는 암석이 많은 지
역으로 비가 와도 물이 흡수가 잘 되지 않아 거의 흘러내리는
지역이기에 벨제뷔트처럼 다리가 빠질 수 없었다.

[굿~ 럭~]

묘한 웃음과 함께 한마디를 남긴 벨제뷔트가 완전히 땅속
으로 사라지면서 남긴 한마디 때문인지 그제야 현중은 뒤를
돌아보면서 이제는 사라져 버린 벨제뷔트가 있던 곳을 바라
봤다.

"테른."

―네, 마스터.

"네게 맡긴다."

현중의 짧은 한마디가 끝나자,

―감사합니다, 마스터.

테른은 기다렸다는 듯 그 한마디와 함께 현중의 그림자에

서 사라져 버렸다.

땅속으로 사라져 버린 벨제뷔트의 흔적을 따라간 것이다.

현중의 허락이 떨어졌으니 테른에겐 이제 거칠 것이 없었다.

한편 테른을 그렇게 보낸 현중은 다시 일행에게 돌아와서는,

"이제 철수하죠."

"응?"

"그게 뭔 말입니까?"

"아직 사이언톨로지도 나타나지 않았는데? 현중 군, 왜 갑자기?"

다들 현중의 갑작스런 철수하자는 말에 앉아서 쉬다가 벌떡 일어섰다.

하지만 정황상 사이언톨로지는 이곳에 나타날 이유가 없었다.

굳이 현중을 상대로 힘겨루기를 할 이유도 없지만 지금 체첸 반군을 도와 러시아를 어떻게든 크게 흔드는 것이 가장 큰 목적인 만큼 이곳에 나타날 필요성은 없었다. 테른도 그런 현중의 생각에 동의했다.

백련교야 어차피 음지에서 이미 소환술이라는 미친 짓을 통해 자금 압박을 심하게 받아왔으니 어쩔 수 없이 나타났지

만 사이언톨로지는 상황이 좀 달랐다.

미국의 비호를 받고 있고, 이미 미국 내부에 깊이 침투해 있는 상황에 굳이 위험한 도박을 할 이유가 없는 것이다.

커다란 오리하르콘과 러시아를 놓고 봤을 때, 과연 무엇이 더 이득이 있겠는가?

두말할 것 없이 바로 러시아였다.

오리하르콘이 아무리 신개념의 자원이라고 하지만 아직은 원자력 대체 에너지에 불과했다.

개발이 필요한 것이다.

하지만 러시아 땅에서 나오는 천연가스와 석유는?

러시아를 집어삼키는 순간, 당장 내일이라도 돈이 되는 자원이다.

그것도 엄청난 돈이 말이다.

그러니 오히려 오리하르콘에 시선을 빼앗긴 러시아의 뒤통수를 칠 수 있었을지도 모른다.

사실 이렇게 풀이해 보면 정말 무섭도록 냉정하면서도 손익을 따지는 녀석들이라고 말할 수 있는 게 바로 사이언톨로지일 것이다.

"사이언톨로지는 오지 않습니다."

카일라제와 연관도 없고 오리하르콘에 대한 욕심도 없는 녀석들이 이곳에 올 가망성은 0%였다.

더 이상 이곳에서 죽치고 앉아 있어봐야 시간낭비라는 것이다.

그러고 보면 사이언톨로지가 카일라제와 연관이 있을 거라고 단정 지은 것은 모두 현중의 추측이었다.

어쩌다 우연히 겹친 건지 사이언톨로지 쪽에서 의심스러운 짓을 하긴 했지만 결과적으로 엉뚱한 곳만 의심하면서 찾아본 것이니 시간낭비를 한 셈이긴 했다.

물론 그들이 먼저 현중을 적대했기에 완전히 무시할 수는 없었지만 말이다.

뭐랄까? 좀 더 화려하면서도 신나는 것을 기대했던 마스터들에게는 백련교의 싸움이 처음이자 끝이 되어버린 것이다.

"철수하겠습니다. 다들 모이세요."

"응?"

"현중 군, 그럼 이건 어떻게 하려고 그러는 건가?"

베이스퍼 외 나머지 마스터들은 모두 일제히 커다란 오리하르콘을 바라봤다.

현중이 손을 대는 바람에 모양이 좀 기이학적으로 변하긴 했지만 크기를 봐서도 이대로 두고 갈 수 없었다.

이것 때문에 지금 이 난리를 쳤으니 당연히 현중이 챙길 걸로 생각했는데 의외로 현중은 오리하르콘은 아예 거들떠보지도 않고 있었다.

메달 129

뭐랄까, 사용 의미가 사라진 것에 관심을 두지 않는 그런 모습이랄까?

"이건 어차피 누가 가져가도 소용없을 겁니다."

"그게 무슨……?"

현중의 알쏭달쏭한 말에 잠시 의문을 가졌지만 오리하르콘의 주인인 현중이 그렇다는데 뭐라 하겠는가?

다들 대충 넘기고 현중의 주위에 모였는데 한 명이 뒤로 물러나 있었다.

"알렉산드로 자네는 가지 않으려고 하는 겐가?"

베이스퍼는 알렉산드로가 따로 떨어져 있자 물었다. 알렉산드로는 고개를 끄덕이더니,

"전 아무래도 모스크바로 가봐야 할 것 같습니다."

"음……."

베이스퍼도 알렉산드로의 말에 어느 정도 이해는 했다.

물론 알렉산드로 본인도 생각을 많이 했을 것이 분명했다.

자신을 버린 조국이다. 거의 쓰레기 버리듯 내팽개쳐진 상처가 아무래도 생각을 하게 만드는 원인이었을 것이 당연했다.

거기다 아픈 딸을 생각하면 지금 모스크바로 돌아간다는 것은 아무리 마스터에 올랐다고 해도 위험부담이 많을 게 분명했다.

"후회하지 않을 자신이 있는 것인가, 자네는?"

베이스퍼는 알렉산드로의 사정과 심정을 어느 정도 이해하기에 나직이 물어봤다.

자신도 지금 CIA에 쫓기면서 테러분자로 오해받고 있는 상황이 아닌가?

알렉산드로처럼 미국에서 쫓겨날 수도 있었다.

그렇기에, 어쩌면 베이스퍼가 알렉산드로의 복잡한 심정을 가장 잘 알고 있고, 알렉산드로가 러시아로 돌아가겠다고 결정한 것에 대해 가장 잘 이해할지도 몰랐다.

"뭐… 설마 내가 죽는다고 해도…….."

알렉산드로는 슬쩍 현중을 바라보더니 다시 말을 이었다.

"내 딸을 매정하게 버리진 않을 거라고 생각하거든요."

알렉산드로는 딸이 너무나도 귀했다.

자신의 모든 것을 버리고 러시아를 떠났지만 그것은 어디까지나 딸의 목숨을 위한 것. 전혀 아깝지 않았다.

하지만 지금 당장 러시아라는, 자신을 버렸던 나라가 위험하다는 말을 듣게 되자 어쩔 수 없이 흔들렸다.

스페츠나츠에서 국가를 위해 일생을 바쳤었다.

러시아에 서운한 감정이 있다고 하지만 역시나 매몰차게 흔들리는 러시아를 보고 모른 체할 수 없었던 것이다.

거기다 은연중에 현중을 믿는 것도 있었다.

지금까지 같이 있어봤을 때 현중의 성격상 모르는 사람은 몰라도 아는 사람을 매몰차게 버리는 그런 성격은 아니라는 것을 말이다.

누가 봐도 알렉산드로의 이기적인 결정이었다. 현중에게 억지로 자신의 딸을 떠넘기는 것 같지만 알렉산드로에게는 현재 믿을 만한 사람이 없었다.

마리아가 지금까지 자신의 딸을 지켜주긴 했지만 아무래도 부모의 마음으로는 마리아보다 현중이 더 확실하면서도 안전하다고 느끼니 말이다.

"그리고 전 죽을 생각은 요만큼도 없습니다."

슬쩍 농담까지 하는 알렉산드로를 보니 러시아가 쉽게 무너지지는 않을 것으로 보였다.

일인군단이라는 마스터가 괜히 그렇게 불리는 게 아니다.

전술적으로 활용 가치를 보면 핵탄두를 넘어서는 가치를 지니고 있으니 말이다.

"하지만… 저 좀 모스크바로 데려다 주면 더 좋겠습니다만."

넉살좋게 현중에게 데려다 달라고 하는 말까지 하는 알렉산드로에게 현중은 다가가더니,

"잡으세요."

"넷!"

서슴없이 현중의 손을 잡은 알렉산드로는 어쩌면 마지막일지도 모르는 다른 마스터들을 한번 바라보고는 조용히 고개를 숙여 인사를 했다.

"그럼……."

스윽!

여운이 남는 듯한 말과 함께 현중과 알렉산드로는 아르카임 스톤헨지에서 순식간에 이동해 모스크마의 외곽 지역에 모습을 드러냈다.

쾅!!

투타타타타타타타!! 타타타타타타타!!

마치 걸프전의 전쟁 영상을 보는 듯 모스크바는 이미 아비규환이었다.

쾅쾅쾅!!

현중이 바라보는 지금도 어디선가 쏘아 올린 R.P.G의 포탄이 날아와 곳곳에 박히면서 커다란 폭발을 일으키고 있었고, 여기저기 반쯤 부서져 버린 전차가 서 있는 모습이 보였다.

"젠장!!"

참담하게 엉망이 된 모스크바의 시내 모습에 알렉산드로는 억울한 듯 분노의 한마디와 함께 곧바로 움직이려는지 몸을 숙였다.

덥석.

그때 튀어나가려는 알렉산드로의 어깨를 잡은 현중은 고개를 천천히 흔들면서,

"지금 이대로 저기에 뛰어들어 봐야 전쟁의 흐름을 바꿀 수는 없을 겁니다."

"압니다. 하지만 눈앞에서 자국민이 죽어가는데 가만히 있으면 그것 또한 군인이 아니지 않습니까?"

자신을 잡은 현중에게 괜히 화풀이하듯 큰소리친 알렉산드로는 곧바로 자신의 실수를 깨달았는지,

"죄송합니다."

"아닙니다. 다만 지금은 오히려 알렉산드로의 능력을 허비하는 거라 잡은 겁니다."

"네? 그게 무슨……."

현중을 마리아 다음으로 아마 가장 많이 지켜본 사람이 알렉산드로일 것이다.

인간을 벗어난 능력? 초인? 마스터? 현중의 능력에 비하면 애들 장난이었다.

그렇기에 알렉산드로는 현중을 믿었고, 자신의 딸을 부탁하지 않았던가?

그런데 그런 현중이 잠시 기다려 달라는 말과 함께 슬쩍 주변을 훑어보더니 알렉산드로를 다시 보았다.

"잠시만 기다리면 지금의 흐름을 러시아로 되돌릴 수 있는

방법이 있을 것도 같군요."

"네에? 도대체 어떻게……."

알렉산드로가 현중의 말에 놀라서 되물어보려고 하는데 이미 현중은 가벼운 도약과 함께 하늘 위로 솟아 올라가 버렸다.

마치 미사일을 쏘아올린 것과 같았지만 그 속도는 가히 비교 자체가 불가능할 만큼 빨랐다.

그대로 하늘 위로 올라간 현중은 급기야 마나로 시력을 극대화로 올린 알렉산드로의 눈에도 보이지 않을 만큼 상공에 도달했다.

"도대체… 무슨… 방법으로……."

물론 현중을 믿고 있긴 하지만 지금 알렉산드로 눈에 보이는 상황은 이미 모스크바의 주요 지점을 체첸 반군이 집어삼킨 상태였기에 암울해 보였다.

쾅!! 콰쾅!!

지금도 전차 세 대가 R.P.G의 집중 공격을 받았는지 엄청난 굉음과 함께 시동이 꺼져 버렸고, 그 후로 완전히 침묵했다.

"다 죽었겠군."

R.P.G(대전차 로켓포)는 실제로 직격으로 전차를 때려도 전차 자체에는 크게 피해를 입히는 편이 아니었다.

반대로 지금처럼 전투 중에 전차의 강판을 뚫고 직격할 만한 파괴력도 그리 없어 보였다.

하지만 전차의 내부는 의외로 약한 편이었다.

요즘 선진화 바람을 타면서 전차도 성능이 좋은 것을 찾게 되면서 덩달아 전차의 성능을 높인다고 전자 기기와 전자 회로를 많이 설치하는 편이었다.

그 덕분에 실제로 전차의 기동력과 화력, 그리고 조준력이 크게 올라간 것은 사실이다.

하지만 오히려 그 때문에 약점이 생기게 되었으니 바로 일정 이상의 충격을 연속으로 받게 되면 전차 내부의 전자 회로가 망가지는 것이다.

특히나 전차는 시가지 전에 특화되어 있는 편이었다.

그런데 아이러니하게도 전차 자체가 워낙에 방어력이 높고 내구성이 높은 무기이기에 전자 회로를 이용해서 성능 올리는 데만 집중하다 보니 뜻하지 않게 이런 약점이 생긴 것이다.

거기다 R.P.G는 이름 그대로 대전차 로켓포였다.

무기에 따라 전차의 내부를 뚫고 들어가는 탄두도 있지만 그건 가격이 워낙 비싸서 일반적으로 전차의 장갑에 폭발과 함께 뜨거운 열로 전차를 무력화시키는 탄두를 많이 쓰는 것이다.

거기다 시가전은 아무래도 숨을 곳이 많기에 전차에 가까이 가서 정확하게 조준할 수 있는 확률이 올라가는 편이었다.

한마디로 때린 곳을 또 때릴 확률이 높다는 것이고, 아무리 강한 전차라도 같은 곳을 집중 공격당하면 어쩔 수 없었다.

꽈악!!

지금도 러시아군 전차 위에 체첸 반군으로 보이는 병사 하나가 올라타더니 전차 출입구의 해치 뚜껑에 폭약을 설치해 폭발시켜 열고는 그 안에 수류탄 여러 개를 집어 던지는 모습이 선명하게 보였다.

철컥!!

그 모습에 결국 알렉산드로는 자신의 권총을 꺼내더니 빠르게 탄창을 분리하고는 그대로 방금 전차에 수류탄을 던진 녀석을 조준해 방아쇠를 당겼다.

탕!

모스크바의 전쟁 소음에 알렉산드로의 권총에서 나온 소리 정도는 가볍게 묻혔지만 거리가 이미 몇 킬로미터는 떨어져 있었던 체첸 반군은 전차에서 뛰어내리다가,

퍽!!

돌연 어디서 날아오는지도 모르는 무언가에 머리가 터져버리더니,

털썩!

머리가 완전히 사라진 몸뚱어리로 땅바닥을 나뒹굴었다.

"젠장, 이걸로는 안 돼. 절대로."

스페츠나츠에서 평생을 살아온 알렉산드로는 지금 모스크바의 60% 이상을 체첸 반군이 점령했다는 것을 알고 있었다.

거기다 무섭게 밀고 들어오는 기세가 장난이 아니기에 아마 길어봐야 며칠 내로 모스크바가 체첸 반군의 손에 떨어질 가능성이 높았다.

방금처럼 자신이 아무리 체첸 반군을 처리한다고 해도 역시나 한계가 있는 법이다.

거기다,

투타타타타타! 투타타타타타!

체첸 반군 진지에서 요란하게 울리면서 하늘에 떠 있는 아파치 헬리콥터를 확인하자 더욱 알렉산드로의 얼굴이 굳어졌다.

물론 러시아 쪽에서도 당연히 전투용 헬리콥터가 떴다.

하지만 너무나 갑작스럽게 기습을 당했는지 아니면 먼저 공군을 제압했는지 모르지만 수십 대나 되는 체첸 반군 쪽의 아파치 헬리콥터에 비해 겨우 다섯 대 정도만 시야에 보일 뿐이었다.

거기다,

슈융!!

쾅!!

방금 알렉산드로의 시선에 세 대의 아파치 헬기에서 쏘아진 미사일에 MI―35 한 대가 추락하는 모습이 선명하게 보였다.

"압도적이군."

본래 알렉산드로가 알고 있던 정보로는 체첸 반군의 전투력과 화력은 정말 보잘것없었다.

하지만 미군이 뒤에서 가세하자 상황은 완전 뒤바뀌어 버렸다.

이미 전술적으로 공군력을 가장 먼저 처리했는지 하늘에는 러시아군의 전투용 헬리콥터는 손에 꼽을 만큼 적었고, 반대로 체첸 반군 쪽의 아파치 헬리콥터는 압도적이었다.

전투기는 아예 눈에 보이지도 않고 있었다.

"빌어먹을, 완전 작정하고 있었군."

공군력이 완전 무력화되어 버린 러시아군과 상대의 화력을 볼 때, 체첸 반군의 공격은 계획된 것이 확실했다.

거기다 이전에 오리하르콘 발굴 때문에 들어왔던 미군이 러시아를 떠나지 않고 체첸 반군 쪽으로 움직였다는 걸 금방 알 수 있었다.

"제발……."

상황이 이렇게 암울하게까지 보이자 아무리 알렉산드로라

도 지금 자신이 뭔가 하긴 해야 되는데 어떻게 해야 할지 난감했다. 본래대로라면 바로 러시아군으로 찾아가 어떻게든 싸우려고 했지만 문득 러시아군이 자신을 받아줄까 하는 생각이 들었다.

어찌 되었든 알렉산드로는 무죄로 돌아오라는 러시아의 요구를 거절했으니 말이다.

아무튼 이렇게 발만 동동 구르고 있는 상황에 애타는 알렉산드로의 마음과 달리 현중은 하늘 위로 올라가더니 내려올 줄을 몰랐다.

그렇게 한 10분이 더 흘렀을까?

"왔다!"

익숙한 기척에 알렉산드로가 다시 하늘을 바라보자, 역시나 현중이 처음 하늘로 올라갔던 것보다 더 빠르게 아래로 내려오고 있었다.

슈슈슈욱!!

마치 하늘 위에서 커다란 것을 내리꽂는 듯 빠르게 내려와 거의 알렉산드로의 곁에 다다랐을 때,

멈칫!

사뿐.

일순간 중력의 법칙 따위는 완전히 무시한 듯 현중의 몸이 멈춰 서더니 마치 계단을 내려오듯 사뿐하게 땅에 내려섰다.

"찾았군요."

"네?"

"체첸 반군의 지휘본부를 말이죠."

"……!"

알렉산드로는 현중의 말에 순간 화색이 돌면서 굳은 얼굴이 사라져 버렸다.

Chapter 07
반격

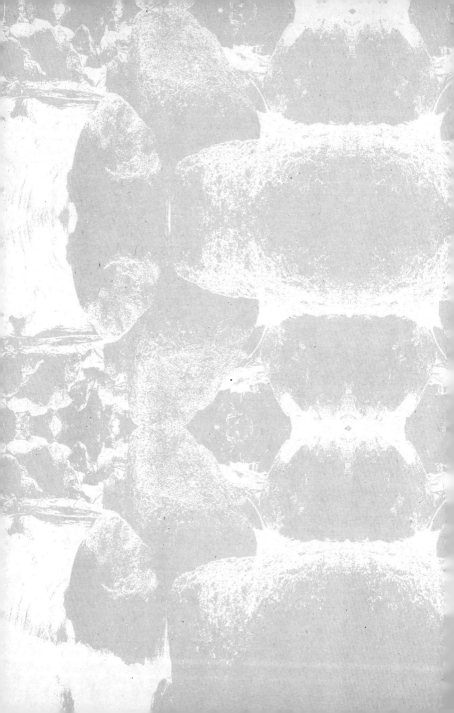

고대의 전쟁이나 근대까지는 전략이 전쟁의 승리를 좌우
했다.

오히려 지금 같은 현대전에는 지휘본부가 무력화되면 잘
나가던 군대도 순식간에 아수라장이 되기 일쑤다.

"제가 도와줄 수 있는 건 지휘본부까지 보내 드리는 겁니
다."

현중은 혹시나 자신이 도와줄 것을 알렉산드로가 바랄지
도 모른다는 생각에 한마디 했지만 알렉산드로는 자신을 여
기 데려다 주고 현중이 가버렸다고 해도 서운하기보다 오히

려 고마웠을 것이다.

이곳으로 향한 것 자체가 자신의 결정이었고 현중에게 딸까지 억지로 떠맡긴 상황에 더 이상 뭘 바라겠는가?

하지만 현중은 일부러 체첸 반군의 지휘본부까지 찾아서 보내준다고 하니 엎드려 절을 해도 모자람이 없었다.

"충분하다 못해 넘칩니다."

곧바로 자신의 대검과 권총을 손에 쥐고 준비를 마친 알렉산드로에게 현중은 손을 내밀어 그대로 이동했다.

"…하늘?"

어딘가에 내려줄 걸로 생각했는데 알렉산드로의 예상을 완전히 벗어나 현중은 제법 높은 하늘로 이동해 허공에 멈춰 서 있었다.

물론 알렉산드로는 허공에 서 있지만 편안하다는 느낌에 이상했지만 현중이기에 당연하다고 생각해 버렸다.

"여기 바로 아래가 체첸 반군과 미군이 함께 쓰고 있는 지휘본부입니다."

번쩍!!

현중의 말에 알렉산드로의 눈빛에서 살기가 피어올랐다.

"그럼 무운을 빕니다."

현중은 그대로 손을 놓아버렸고, 현중의 힘이 끊기자 너무나 당연하게도 알렉산드로의 몸은 중력의 힘을 받아 땅으로 떨어졌다.

하지만 알렉산드로는 당황하기보다 오히려 입가에 미소를 지으면서 권총을 조준하더니,

탕탕탕탕!!

하늘에서 정확하게 머리만 쏴 처리하면서 천막 위로 몸을 튕기더니 마치 재주넘기를 하듯 땅으로 떨어졌다.

스걱!!

푸악!!

체첸 반군의 지휘본부에는 이미 수백 명의 군인이 대기하고 있었고, 적의 침입으로부터 확실하게 방비를 하고 있었다.

하지만 하늘에서부터 떨어진 알렉산드로의 침입에는 속수무책이었다.

그도 그럴 것이, 러시아군의 전투기와 군대를 예상해서 방비를 했지 설마 하늘에서 마스터가 떨어져 내려 공격을 가할 것이라고는 그 누구도 예상하지 못했으니 말이다.

탕탕탕!!

스걱!!

대검과 마나로 만들어진 탄환을 쏘아대는 알렉산드로에게 일반 군인과 자동소총은 이미 상대가 아니었다.

거기다 이미 분노로 인해 마나의 활성화가 극도로 높아진 상황이라 지금 알렉산드로는 자신의 눈앞에 날아오는 총알은

물론이고 극도로 민감해진 감각으로 인해 뒤에서 날아오는 총알조차도 너무나 가볍게 피해 버리고 있으니 말이다.

거기다 총이란 무기는 강했다.

현대에 들어 인간이 소지할 수 있는 무기 중에 가장 간편하면서도 확실한 살상 무기는 총이었다.

하지만 그건 맞췄을 때 이야기다.

아무리 강력한 총이라도 안 맞으면 아무 소용 없는 것이다.

마치 다람쥐처럼 지휘본부 내의 이곳저곳을 날아다니거나 굴러다니면서 거칠 것 없는 알렉산드로의 활약에 지휘본부가 초토화되는 데 걸린 시간은 겨우 5분 남짓이었다.

딸각!!

짧은 시간에 지휘본부 내 모든 군인을 처리한 알렉산드로는 수류탄을 여러 개 까더니 무기고에 집어 던졌다.

쾅! 콰앙!

연속적으로 폭발음이 지휘본부를 뒤흔들었다.

처음 걱정과는 다르게 알렉산드로는 의외로 빠르고 쉽게 지휘본부를 무력화시켜 버렸다.

"헉헉! 포스가… 바닥이군."

머리끝까지 분노가 치밀어 떨어지자마자 눈에 보이는 것은 모두 쓸어버렸던 알렉산드로도 완전히 적이 침묵하자 겨우 제정신을 차렸다.

뒤늦게 자신의 마나가 바닥까지 떨어졌다는 걸 느꼈다.

그러나 그것은 큰 문제가 되지 않는다.

마나야 얼마든지 다시 채울 수 있었다.

오히려 지휘본부가 갑자기 죽어버린 체첸 반군은 과연 어떻게 될까 하는 상상만으로도 알렉산드로는 괜히 기분이 좋아졌다.

"그럼… 움직여 볼까?"

알렉산드로는 슬쩍 하늘을 바라봤지만 역시나 현중은 이미 사라지고 없었다.

"훗, 큰 빚을 또 졌군."

현중이 하늘에서 자신을 떨어뜨려 준 덕분에 적이 미처 대비할 사이도 없이 이처럼 편하고 빠르게 처리할 수 있었다는 것을 알렉산드로가 모를 리가 없었다.

우선 자신이라도 갑자기 지휘본부 하늘에서 누군가 뚝 떨어져서 미친 듯이 설친다면 뭔가 대비를 하려고 하기도 전에 전멸했을 테니 말이다.

그렇지만 그렇다고 여기에 계속 머물 수는 없었다.

체첸 반군의 중심인 지휘본부 하나를 처리했을 뿐이니 말이다.

이제부터는 현중의 도움 없이 알렉산드로 혼자 찾아서 지휘본부를 처리해야 했다.

"흡!"

완전 폐허가 되어버린 지휘본부의 담장을 가볍게 넘어 땅에 다다랐을 때 갑자기 하늘에서 어떤 기척이 느껴졌다.

휙!

"……?"

분명히 뭔가 있다는 느낌을 받았는데 아무것도 없었다.

그 대신 무언가가 팔랑거리면서 하늘 위에서 떨어져 내렸고, 그걸 알렉산드로가 낚아챘다.

덥석!

"후후훗, 끝까지 정말… 고맙게 만드는군."

알렉산드로가 하늘에서 낚아챈 것은 한 장의 사진이었다.

그것도 위성사진으로 보이는 것인데, 특이하게 사진 여러 곳에 빨간색 동그라미로 표시가 되어 있다.

씨익~

스페츠나츠 출신인 알렉산드로가 이 사진의 의미를 모를 리가 없었다.

그리고 파란색으로 동그라미가 그려진 곳이 지금 자신이 서 있는 곳이란 것도 한눈에 알 수 있었다.

"다음 지휘본부는 이쪽인가?"

현중이 남겨준 한 장의 사진과 함께 알렉산드로의 신형이 빠르게 숲으로 사라져 버렸고, 알렉산드로가 사라진 후 몇 십

분이 흐른 뒤에야,

투타타타타타! 투타타타타타!

미군의 아파치 헬리콥터가 완전 폐허가 되어버린 지휘본부를 찾아왔다.

"젠장!! 완전 쑥대밭이 되어버렸군."

"중령님, 도대체 누가 이렇게……."

아파치 헬리콥터 안, 하늘에서 내려다본 지휘본부는 완전 쑥대밭이라는 말이 전혀 이상하지 않았다.

그런데 특이하게도 지휘본부 내부는 완전 초토화가 되었지만 지휘본부 외곽에는 나무 한 그루 부러진 게 없었다.

일반적으로 생각할 때 지휘본부가 저항을 하지 않았을 리가 없다.

하지만 내부는 초토화가 되었는데 지휘본부 외곽은 수류탄 하나 터진 흔적이 없이 깨끗하다면 이걸 누가 믿겠는가?

"찍어서 보고한다. 어서!"

앞에서 아파치 헬리콥터를 조종하는 중령도 지금까지 수많은 전쟁을 겪었지만 이런 식으로 진영이 초토화된 것을 본 적이 없기에 어쩔 수 없이 사진을 찍어서 보고할 생각이었다.

그런데 이렇게 놀라고 있던 아파치 헬리콥터에 또다시 비상 신호가 울렸다.

삐!! 삐!! 삐!!

"중령님, 3─1 포인트, 지휘본부에서 위급 신호가 왔습니다!"

"젠장! 설마……! 서둘러 간다!"

이미 초토화가 된 지휘본부는 더 이상 이용 가치가 없었고, 이미 건질 것이 하나도 없어 보였기에 중령은 곧바로 기수를 돌려 비상 신호가 울리는 곳으로 빠르게 이동했다.

하지만 그들이 도착해서 본 것은,

"중령님……."

"젠장!"

방금 전에 봤던 지휘본부와 크게 다를 바 없는 모습으로 내부만 초토화되어 버린 지휘본부의 흔적만 남아 있을 뿐이다.

역시나 이번에도 내부는 흡사 최대 격전을 치른 듯 엄청난 흔적을 남겼지만 지휘본부 외곽 지역은 수류탄 터진 흔적 하나 없이 깨끗하기만 했다.

쾅!!

중령은 자신도 모르게 옆 방탄유리를 주먹으로 힘껏 내려쳤다.

"도대체 누가… 어떻게 지휘본부를 두 개나… 이렇게 만들 수 있지? 누가… 도대체……."

살아남은 사람은커녕 시체가 온전하게 붙어 있는 것 하나 찾아보기 힘들 만큼 엄청난 격전을 치른 흔적이 보였지만 어찌 된 일인지 모두 체첸 반군과 미군뿐이었다.

그 어디에도 러시아군의 흔적을 찾아볼 수가 없는 것이다.

그리고 분노를 삭이지 못하고 있는 중령의 귀에 요란하게 알람이 울렸다.

삐!! 삐!!

"젠장! 또!!"

두 번이나 울린 알람이다.

그렇기에 중령은 뒤도 돌아보지 않고,

"어디야. 이번에는?!"

"3-3 포인트 지휘본부입니다."

"젠장! 또 그리 멀지 않은 곳이군. 거기다 지휘본부만 노리고 있다. 확실히!"

벌써 두 개의 지휘본부가 박살이 났고, 세 번째 지휘본부가 공격 받고 있다고 연락이 왔다.

누가 봐도 철저히 지휘본부만 노리고 있다고 생각할 수밖에 없는 상황이었다.

하지만 극비로 만들어진 지휘본부를 어떻게 이처럼 정확하게 찾아서 공격할 수 있단 말인가? 이해가 가지 않았다.

현재 지휘본부의 위치는 아는 사람은 극소수였다.

아무래도 현재 군을 통솔하는 지휘본부이다 보니 존재 자체가 알려지는 게 위험하기에 아는 사람이 손에 꼽을 정도였다.

아파치 조종관인 중령도 비상 알람이 울리고 나서야 지휘본부의 존재가 나타나기에 알 수 있었다.

한마디로 지휘본부의 위치는 공격 받아서 비상 알림을 보내지 않는 한 현재 중령도 알 수 있는 방법이 없는 것이다.

"서두른다!!"

"넷!"

투타타타타타타!!

서둘러 표시된 곳으로 빠르게 날아간 아파치 헬기였지만 역시나 이번에도 그들의 눈에 보인 것은 폐허가 되어버린 지휘본부였다.

쾅!! 쾅쾅쾅!!

"젠장할!! 도대체 어떤 놈이야!! 러시아에 국가 공인 마스터도 없는데 말야!! 도대체 누구냐 말이야!!"

솔직히 국가 공인 마스터가 움직였다고 해도 도저히 이해가 가지 않는 상황이었다.

자신들에게조차 비밀로 되어 있는 지휘본부를 귀신같이 찾아서 공격하는 상황에 미치고 팔짝 뛸 노릇인 것이다.

한편 아파치 헬리콥터가 검은 연기만 남겨진 세 번째 지휘본부 위에 도착했을 때 저 멀리서 그 모습을 가만히 지켜보고 있던 알렉산드로의 입가에는 미소가 번졌다.

"피는 피로… 죽음은 죽음으로 갚아야 하는 것이 전쟁이지. 크크큭."

상대는 대응이 늦었다.

거기다 지금 알렉산드로는 현중이 전해준 적의 지휘본부 위치가 그려진 위성사진까지 가지고 있었다.

그럼 결과는 불 보듯 뻔한 일이다.

어차피 러시아의 영웅이 될 생각도 없었다. 그리고 이번 전쟁을 통해 러시아로 다시 돌아갈 생각도 없었다.

다만 자신이 태어나고 자란 조국이 위험에 처해 있다는 것에 분노했고, 적의 계략에 허무하게 무너지는 러시아가 안타까웠을 뿐이다.

물론 체첸 반군에 나름 감정이 없는 것도 아니지만 결과적으로 군인이라는 직업 때문에 적으로 만났을 뿐, 개인적인 감정은 아니었다.

미군을 등에 업고 이처럼 공격하기 전까지는 말이다.

"모조리 쓸어버린다. 조국의 땅에 발을 디디고 있는 모든 적은 모조리."

눈빛에서 살기가 폭사된 알렉산드로는 그렇게 다시 다음 지휘본부를 향해 걸음을 빠르게 옮겼다.

알렉산드로가 지휘본부를 하나씩 무력화하기 시작할 무렵 러시아도 본격적으로 반격을 시작하고 있었다.

어떻게 딱 맞췄는지 모르지만 러시아의 뒤늦은 반격과 함께 체첸 반군의 지휘부 무력화는 결과적으로 러시아군의 사기를 높이는 상황을 만들었고, 전쟁의 흐름이 한순간에 러시아 쪽으로 흐르는 계기가 되었다.

*   *   *

만지작만지작.

현중은 가만히 소파에 앉아서 벨제뷔트가 넘겨준 메달을 만져 보고 있었다.

지금 당장에라도 마나를 흘려 넣으면 어떻게든 카일라제가 있는 곳을 알 수 있거나, 아니면 카일라제가 있는 곳으로 이동할지도 몰랐다.

"마무리 지어야겠군."

현중은 조용히 소파에서 일어서더니 창문가로 다가가,

"테른."

―네, 마스터.

현중의 그림자에서 나타난 테른은 천천히 몇 걸음 걸어 현중의 그림자 밖으로 나와 섰다.

"놓쳤구나."

테른의 눈동자만 보고도 벨제뷔트를 놓쳤다는 것을 안 현

중이 나직이 말하자,

―죄송합니다.

"아니야. 카일라제가 비호하고 있는 벨제뷔트를 아무리 너라도 준비 없이 쫓아가서 금방 찾을 거라고는 생각하지 않았으니까. 그보다 마무리 지어야겠다."

―그 말씀은…….

현중의 말에 테른이 나직이 물어보자,

"오리하르콘을 모두 회수한다."

이미 알고 있는 일이기에 테른은 가볍게 고개를 숙이는 것으로 대답을 대신했다.

테른의 질문은 다른 것 때문이었다.

―마스터.

"응?"

―영국의 오리하르콘을 회수하면 바로슈 백작님께서…….

러시아에 두고 온 오리하르콘이야 테른이 가서 다시 아공간에 넣으면 되지만 영국의 것은 탬플재단의 연구소에서 아직도 연구 중이었다.

그런데 그런 상황에 갑자기 오리하르콘이 사라진다면?

당연히 마리아에게 안 좋은 일이 생길 수밖에 없었다. 어쩌면 영국 황실에서 마리아를 반역으로 쫓을지도 모르니 말이다.

그런데 현중은 테른의 말에 자신도 이미 생각하고 있었다는 듯,

"내가 여왕을 만나 단판을 지어보지."

─알겠습니다. 그럼 전 바로 러시아에 두고 온 오리하르콘을 회수하겠습니다.

테른이 현중의 명령에 사라지자 현중은 그대로 방을 벗어나 마리아에게 갔다.

똑똑!

"네?"

"나야."

현중이 문을 열고 들어오자 마리아는 서류에 사인하는 도중이지만 벌떡 일어나 환하게 웃는 얼굴로 현중을 반겼다.

"마야."

현중이 마리아의 애칭을 부르자 마리아는 고개를 들어 현중을 빤히 바라보더니,

"무슨 일이죠?"

아직은 현중의 입에서 자신의 애칭인 '마야'라는 말이 나오면 마냥 좋기만 한 마리아였다.

"영국에서 소유하고 있는 오리하르콘을 회수할 생각이야."

"네? 그게 무슨……?"

갑작스런 현중의 말에 마리아는 어색하게 한번 웃더니,

"호호호, 장난치지 말아요. 갑자기 왜 영국에 있는 오리하르콘을 회수한다는 거예요? 그리고 누가⋯⋯?"

마리아는 그냥 장난으로 치부하려는 듯 말을 하다가 현중의 눈동자와 마주치자 곧 농담이나 장난이 아님을 깨달았다.

"설마 현중 씨가⋯⋯."

"응. 내가 회수할 거야."

벌떡!

갑자기 자리에서 일어선 마리아는 현중을 향해 큰소리로,

"갑자기 왜? 현중 씨는 왜 갑자기 오리하르콘을 회수한다는 거예요?"

마리아는 현중이 정말 오리하르콘을 회수하려고 마음먹는다면 영국 전체가 달려들어도 소용없다는 것을 너무나 잘 알기에 화를 내고 있었다.

거기다 자신은 현중의 연인이다.

그런데 연인의 나라에서 가지고 있는 오리하르콘을 회수하겠다니?

이걸 얻기 위해 얼마나 노력과 고생을 했는데 이제 와서 그냥 뺏어가겠다는 것인가?

마리아는 화가 났다기보다 현중의 이런 행동이 이해가 가지 않았다.

"내가 비틀어 버린 흐름을 바로잡아야 하니까."

"말도 안 돼요! 현중 씨가 무슨 흐름을 비틀었다는 거예요?"

마리아의 신경질적인 말에 현중은 가만히 입가에 미소를 지으면서 손가락을 들어 자신을 가리켰다.

"내가 바로 흐름을 비튼 원인이니까."

"그게 무슨 말이에요? 현중 씨가 흐름을 비틀었다니……."

자조적으로 슬픈 듯 미소를 짓고 있는 현중의 모습에 마리아는 자신의 분노가 한순간 찬물을 끼얹은 듯 사라져 버리는 것을 느꼈다.

그리고 뭔가 있다는 것을 직감했다. 여자의 직감은 그 어떤 것보다 민감하면서도 정확했으니 말이다.

지금까지 현중에 관한 것이라면 거의 고성능 레이더 이상으로 마리아의 직감이 맞아떨어진 적이 많았다.

"내가 바로 올바른 흐름을 비튼 존재야. 그리고 나와 관련된 것이 모두 사라져야만 원래대로 흐름이 흘러갈 거야."

"그게 무슨 말이에요? 쉽게 말해봐요, 현중 씨. 지금 그게 무슨 말이에요?"

스르륵.

현중은 천천히 일어서면서 마리아의 정면에 서더니 마리아를 끌어안았다.

쫘악.

조금 더 강하게 마리아를 끌어안더니 나직하게 마리아의 귓가에 속삭였다.

"내가 움직임으로 인해 오리하르콘이 나왔고, 세계의 흐름이 엉뚱하게 흘러가게 되었어. 원래 러시아 전쟁도 일어나서는 안 되는 전쟁이야. 그건 마야도 알고 있지?"

"……"

마리아는 현중의 말에 대답을 하지 않았다. 아니, 대답할 수가 없었다.

사실 현중이 오리하르콘의 미끼를 던져서 러시아를 흔들지 않았다면 아무리 미군이 뒤를 받쳐 준다고 해도 체첸 반군이 러시아의 수도인 모스크바까지 공격하는 일은 있을 수가 없으니 말이다.

"마야, 나를 잊으라는 말을 하진 않을게. 나도 널 사랑하니까. 하지만… 기다려 달라는 말은 하지 않아."

스윽.

그 말과 함께 현중은 마리아의 품에서 멀어지더니 사라져 버렸다.

"현중 씨!!"

갑작스런 현중의 행동에 마리아는 머릿속이 혼란스러웠지만 지금은 가만히 있을 때가 아니었다.

"오리하르콘!"

사라진 현중을 찾기 위해 가야 할 곳은 이미 정해져 있었으니 말이다.

곧장 방을 뛰쳐나간 마리아는 그대로 지하로 내려갔다.

그곳에 오리하르콘을 연구하기 위해 지어놓은 특수한 연구실이 있었고, 오리하르콘은 현재 거기에 있었기 때문이다.

"헉헉헉!!"

너무 급하게 서두른 탓인지 가쁜 숨을 몰아쉰 마리아는 연구실 문을 박차고 들어갔다.

"현중 씨!!"

"응?"

"누… 구? 아, 어쩐 일로……?"

갑자기 연구실 문을 부서지듯 박차고 들어온 모습에 놀란 연구원들은 마리아를 알아보고는 안심하는 한편 왜 저러는지 고개를 갸웃거렸다.

"현중 씨!!"

연구원들이야 이상하게 쳐다보거나 말거나 마리아는 서둘러 주변을 살펴보면서 현중의 흔적을 찾았다.

샅샅이 뒤지면서 있을 만한 곳은 다 찾았지만 그 어디에도 현중은 없었다.

"도대체 현중 씨가 어디로……."

오리하르콘을 회수하겠다고 했으니 당연히 이곳으로 왔을 것이라고 생각했던 마리아는 뜻밖에도 현중이 없고 오리하르콘이 그대로 있는 모습에 머릿속이 복잡해졌다.

분명히 이곳으로 와야만 하는데 현중이 없다면 도대체 어디로 갔을까?

"어디로… 어디로 갔어요, 도대체……."

뭔가 일어날 것 같다는 불안감이 더욱 마리아의 가슴을 죄어오고, 그럴수록 마리아는 조바심이 날 수밖에 없었다.

"찾아야 해. 어떻게든 찾아야 해."

지금 마리아가 이렇게 조바심내면서 서두르는 것은 모두 불길한 느낌 때문이었다.

마치 현중이 영원히 자신의 곁을 떠날 것 같다는 불길한 느낌.

이건 정말 생각하고 싶지도 않은 그런 느낌이었다.

하지만 마스터에 올라 감각이 민감해진 탓인지, 아니면 원래 나쁜 예감은 잘 맞아떨어지는 탓인지 조바심이 날수록 마리아의 가슴은 심하게 두근거릴 뿐이었다.

한편 이렇게 마리아가 현중을 찾아 헤매고 다니고 있는 이때, 마리아 앞에서 사라진 현중은 어디에 있을까?

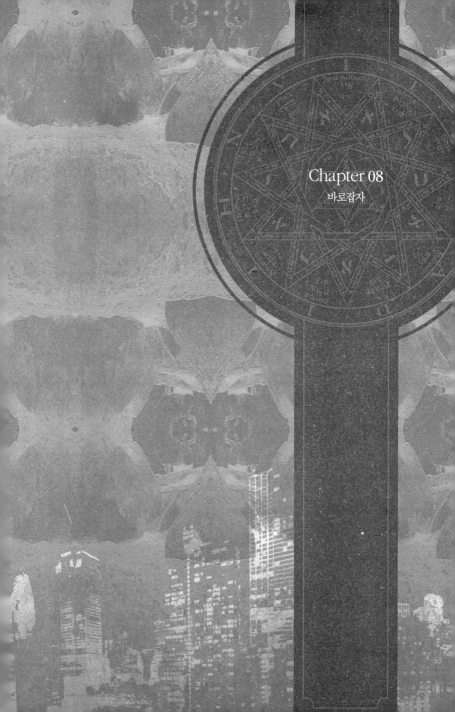

Chapter 08
바로잡자

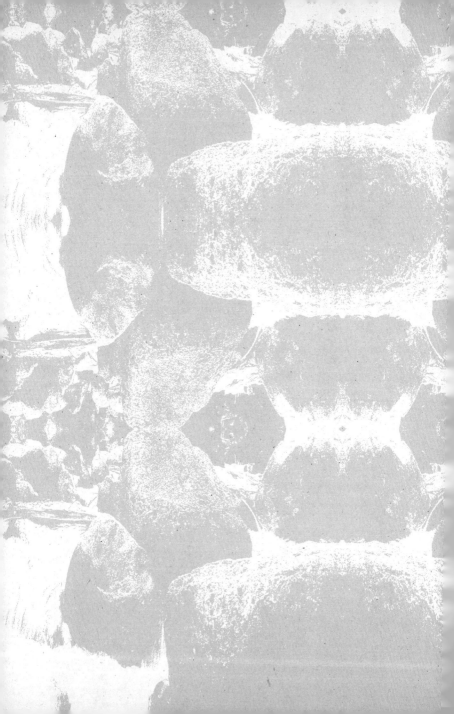

끼이익.

"어서 오세요."

고풍스러운 의자에 앉아서 책을 읽고 있던 여왕이 문을 열고 들어온 사람을 향해 웃어 보였다. 전혀 초대하지 않은 인물이지만 검은 머리카락의 그에게는 호감이 있었기에 별말을 하지 않았다.

"오랜만에 뵙습니다, 여왕 폐하."

현중은 조용히 들어가 여왕에게 인사하고는 그대로 문을 닫더니 움직이지 않고 서 있었다.

"서서 이야기할 건가요?"

여왕은 현중의 태도가 이상하다는 것을 바로 느꼈는지 눈동자가 살짝 흔들리는 모습을 보였다.

"여왕 폐하."

현중이 여왕의 말을 무시하고 여전히 자기 말만 하자 여왕도 표정이 살짝 굳어졌다.

"…현중 경의 모습을 보니 중요한 일이군요."

"네."

앉으려고도 하지 않는 현중의 태도에서 이상하다는 것을 느낀 여왕도 더 이상 앉으라는 말은 하진 않았다.

조용히 서로 바라보고 있는 여왕과 현중의 사이에 보이지 않는 기운이 가라앉는 듯했다.

"회수하려 합니다."

"……?"

밑도 끝도 없는 현중의 말에 여왕은 고개를 한번 갸웃거리더니,

"경이 무슨 말을 하는지 난 모르겠군요."

"영국에 드린 오리하르콘을 이제 회수하려고 합니다."

"……"

여왕은 현중의 말에 잠깐 눈동자를 바라보더니 표정이 굳어졌다.

'농담이나 장난칠 사람은 아니라고 했지.'

흔들림없는 현중의 눈동자에 결코 허투루 하는 말이 아니라는 것을 눈치챈 여왕의 표정이 굳어지는 것은 어쩌면 당연했다.

하지만 여왕은 곧 표정을 풀더니 현중을 향해 입을 열었다.

"왜 그러는 거죠? 그대가 직접 우리에게 오리하르콘을 넘겨줬다고 해도 과언이 아닌데 말이죠."

사실 보고서를 보면 현중의 도움이 없었다면 오리하르콘을 영국에서 가지고 있는 것 자체가 있을 수 없는 일이었다.

물론 마리아가 적당히 보고서를 좀 축소한 면도 있지만 여러 가지 정황을 보면 현중의 기이한 능력으로 인해 예상보다 빠르면서 안전하게 오리하르콘으로 가져왔다는 것은 여왕도 익히 알고 있었다.

그렇기에 은연중에 현중을 자신의 영국으로 품을 생각까지도 하고 있는 것이다.

마리아가 현중을 좋아한다는 것을 이미 눈치채고 있는 여왕이 조용히 모른 척한 것도 모두 그 때문이었다.

그런데 그런 현중이 갑자기 영국에 있는 오리하르콘을 회수한다고 하자 여왕으로서도 내심 당황했다.

물론 그동안의 연륜과 경험으로 표정에 드러나지는 않았지만 말이다.

"비틀어진 흐름을 바로잡기 위해 있어서는 안 되는 것을 회수하려 합니다."

"……."

여왕은 현중의 말에 살짝 미간을 찡그렸다.

상대는 미사일조차 우습게 만드는 능력을 가지고 있는 현중이다.

여왕이라고 현중이 러시아에서 한 일을 모를 리가 없다. 일부러 광고하려고 화려하게 했으니 말이다.

그와 동시에 현중이 영국과 친분을 가지고 있고 마리아와 사귄다는 정보를 받았을 때 내심 미소를 지었던 여왕이다.

하지만 여왕은 마리아처럼 감정적으로 현중의 말을 듣지 않고 냉정하게 생각했다.

"비틀린 흐름이라……. 어려운 말이군요."

"제가 비틀었기에 제가 바로잡아야 합니다."

현중은 여전히 뜻 모를 말을 하지만 여왕은 우선 현중을 다그치기보다 이유를 알고 싶었다.

"오리하르콘을 그대가 회수하려고 한다면… 뭐… 저희가 막는 건 불가능하겠죠."

여왕도 대충은 정보를 수집했기에 현중의 무력을 어렴풋이 알고 있었다.

일인군단이라는 마스터를 마음대로 가지고 놀 수 있는 존재, 마음만 먹는다면 국가를 상대로 전쟁도 치를 수 있는 존재가 바로 현중이다.

거기다 지금 아무런 제지도 받지 않고 여왕이 있는 서재에 들어온 것만 봐도 알 수 있었다.

이미 여왕은 처음에 현중이 모습을 드러냈을 때 은연중에 비상벨을 누른 상태였다.

위치가 위치이다 보니 아무래도 이런 대비책은 기본이다.

하지만 그 누구도 들어오지 않고 있었다.

시간을 봐도 이미 벌써 이곳에 널려 있는 경호원들이 들이닥쳐도 이상하지 않을 시간이었는데도 말이다.

그렇기에 여왕은 현중에게 묻는 것이다.

"그걸로 저를 설득시키기에는 많이 부족한 듯하군요."

"알고 있습니다, 여왕 폐하."

"그렇다면 이렇게 무작정 무례하게 와서 말하는 이유는 뭡니까?"

여왕은 조용하지만 굳은 눈으로 현중에게 물었지만 현중은 여전히,

"때가 되었으니까요. 그리고 이건 저로 인해 벌어진 일, 제가 마무리 지어야 합니다. 여왕께서는 그냥 모른 척해 주실 수 없습니까?"

오히려 자신이 오리하르콘을 회수하는 것을 대놓고 모른

척해 달라고 하는 현중의 뻔뻔한 모습에 여왕은 나직이 웃어 버렸다.

"어차피 그대가 마음먹는다면 소용없겠죠. 하지만 바로슈 경은 어떻게 할 겁니까?"

더 이상 현중을 말릴 수 없다고 생각한 여왕은 마리아를 끄집어내서 그나마 희망을 걸어보는 듯했다.

하지만,

"이미 말했습니다."

현중의 말에 여왕은 한숨을 내쉬더니,

"이런, 뒤늦게 사랑하는 남자 때문에 참 고생이 많군요, 바로슈 백작도."

참 무심한 남자다. 동시에 결단력 있는 남자이기도 했다.

여왕은 현중으로 인해 마음고생을 할 마리아를 떠올리며 착잡한 심정을 느꼈지만, 그와 함께 그 정도로 현중의 목표가 무겁다는 것을 알게 되었다.

이건 현중의 욕심이나 그런 것이 아니라는 것은 이미 느끼고 있었다.

거의 무적에 가까운 능력을 지닌 현중이 겨우 오리하르콘이 탐나서 이렇게 어렵게 말을 풀어간다고 생각하지 않기 때문이기도 했지만, 그동안 받아온 정보와 마리아에게 받은 현중의 성격을 종합해 보면 지금 현중에게 중요한 일이 있음은 충분히 알 수 있었기 때문이다.

"좋아요. 그대가 원한다면 저도 굳이 막지 않겠습니다."

현중을 막는다는 것은 쓸데없는 저항에 불과함을 여왕은
이미 알고 있었다. 굳이 자국민의 피를 흘릴 필요가 없었다.

그러니 순순히 현중의 말에 따르기로 했다.

"하지만!"

현중에게 항복한 여왕이었지만 단 한 가지 절대로 양보할
수 없는 것이 있었으니 그건 바로 마리아였다.

"마리아를 사랑합니까?"

여왕의 말에 현중은 곧은 눈동자 그대로 여왕을 바라보면
서,

"사랑합니다."

"그럼 지금 경의 행동이 사랑하는 마리아의 가슴에 상처를
준다는 것도 잘 알고 있겠군요."

"네."

목소리의 변화조차 없는 현중의 말투에 여왕은 화가 나면
서도 한편으로는 안타까웠다.

자신도 여자였기에 마리아의 심정을 어느 정도 이해하고
있으니 말이다.

철혈의 여왕이라는 말을 듣긴 하지만 여왕도 여자였다.

사랑을 해봤고, 그 사랑 때문에 고민도 해봤다.

결과적으로 사랑보다 국가를, 자신의 안정보다 나라의 안정을 먼저 생각하는 것을 선택해 현재의 굳건한 여왕의 자리를 만들긴 했지만 마리아는 그러지 않았으면 했던 것이다.

여왕의 가장 측근에 있는 귀족이기 이전에 가장 잘 알고 있는 아이가 바로 마리아였다.

그렇기에 지금 현중의 행동이 화가 나고 안타까운 것이다.

"경은 정말… 나쁜 남자로군요."

여왕의 투정과 같은 말에 현중도 가슴이 시렸다.

스스로도 잘 알고 있으니 말이다.

아니, 마리아를 받아들였을 때 이미 어느 정도 준비하고 있었던 현중이지만 막상 때가 오자 가슴이 아픈 건 어쩔 수 없었다.

그러다 보니 자연스럽게 현중의 눈동자가 흔들릴 수밖에 없었다.

그런 현중의 눈동자를 보고 여왕이 알아챘는지,

"사랑하지만… 상처를 줘야 한다………."

여왕도 자신의 과거에 그런 경험이 있었기에 남의 일 같지 않았다.

사랑했지만 여왕이라는 지위와 국가를 위해 어쩔 수 없이 버려야 했던 사랑이 있었으니 말이다.

"여왕 폐하."

현중이 나직하게 여왕을 향해 입을 열었다.

"만약에 제가 살아서 돌아온다면… 전 마야의 남자가 될 겁니다. 영원히."

저벅저벅.

그 말을 끝으로 현중은 조용히 여왕의 서재를 나갔다.

"바보 같은 남자군요, 그대도……. 후회할 것을 알면서도… 그럴 수밖에 없다니……."

살아온 연륜과 경험은 결코 작은 것이 아니었다.

현중의 말에 감정적으로 움직인 마리아와 여왕의 너무나도 다른 모습만 봐도 알 수 있으니 말이다.

덜컹!

"여왕 폐하!!"

현중이 완전히 사라진 후 갑자기 서재의 문이 거칠게 열리면서 안으로 들어온 사람들은 조금 전 여왕이 눌렀던 비상벨 소리를 듣고 들어온 것이다.

"훗, 그대는 정말 놓치고 싶지 않은 남자군."

여왕은 영문을 몰라 하는 경호원들을 모두 뒤로 물린 뒤 조금 전 현중과의 대화를 생각해 보고는 입가에 미소를 지었다.

"살아만 돌아오면 영국은 그대를 절대 놓치지 않을 겁니다. 후후훗."

오히려 현중의 행동이 여왕에게는 꼭 품어야 하는 존재로

각인되어 버린 듯했다.

그렇게 현중이 여왕을 만나고 난 뒤 서재를 나가는 순간 템플재단의 연구소에서는 난리가 났다.

"오리하르콘이 사라졌다!!"

갑자기 연기가 꺼지듯 사라져 버린 오리하르콘. 수십 명의 박사와 연구원이 두 눈을 시퍼렇게 뜨고 있었지만 감쪽같이 사라진 것이다.

그 크기와 무게를 생각하면 절대로 있을 수 없는 일이었다.

덜컹!!

마리아도 나갔다가 다시 비상벨 소리에 연구실을 돌아왔지만 이미 오리하르콘은 사라진 뒤였다.

하지만 오리하르콘이 사라진 것보다 마리아에게는 현중이 자신에게 모습을 드러내지 않는 게 더욱 가슴이 아파왔다.

"당신은 정말… 정말……."

눈가에 고인 눈물을 애써 모른 척하면서 이미 사라진 오리하르콘에서 시선을 돌린 마리아는 곧장 MI—6로 향했다.

그곳이라면 어쩌면 현중의 흔적을 찾을 수 있을지도 모른다는 생각에서 말이다.

—회수를 마쳤습니다.

"그래."

현중은 살짝 가라앉은 모습으로 대답하자 테른도 그리 기분이 좋진 않았다.

─꼭 회수해야만 합니까, 마스터?

테른은 자신의 주인이 가슴 아파하면서까지 흐름을 바로잡으려고 하는 이유를 이해할 수 없었다.

강자의 생각과 행동대로 흘러가는 마계의 생활을 하던 마족에게 현중의 모습은 오히려 이상해 보이기까지 했다.

하지만 이렇게까지 현중이 한다면 분명히 이유가 있을 것이다.

현중은 이미 신의 반열에 오르는 선택의 기로에 서본 적이 있는 존재다.

인과율의 법칙에서 이미 벗어난 존재가 된 것이다.

인간의 삶과 죽음, 그리고 정해진 운명을 보는 것은 기본이고 하늘의 천기마저 읽을 수 있는 현중이 이렇게까지 바로잡으려고 한다면 그건 그만큼 중요하다는 뜻이었으니 말이다.

"테른."

─네, 마스터.

"이제부터 난 혼자 움직일 것이다."

─네? 그게 무슨… 말씀이십니까?

갑작스런 현중의 말에 테른이 당황했는지 말까지 더듬었다.

"넌 자유다. 지구에서 혈족을 번영시키는 것도, 자유롭게 살아가는 무엇도 모두 너의 뜻대로 해."

─마, 마스터, 그게 무슨… 말입니까? 갑자기…….

테른의 말에 현중은 처연하게 웃으면서 테른을 바라보더니,

"내가 카일라제와 싸웠을 때 죽을 가능성이 얼마라고 생각하지?"

─…….

진실을 숨길 수는 있지만 거짓을 말하지 않는 마족의 특성상 테른은 입을 열 수가 없었다.

"나도 알아. 카일라제를 운 좋게 처리했다고 해도… 아마 난 내 힘의 폭주를 견딜 수 없을지도 몰라."

─아닙니다. 마스터는 견딜 수 있습니다.

"바보 같은 녀석, 내 몸은 내가 더 잘 알아. 지금도 조금만 벗어나면 통제가 힘들어진다는 것을 나도 알고 있다."

─마스터, 영혼의 계약을 끊어버린 것이 이것 때문이었습니까?

테른은 현중이 말을 듣고서야 왜 현중이 영혼의 계약을 끊어버렸는지 알 수 있었다.

완전한 자유를 테른에게 주기 위해서 끊어버린 것이다. 혹시라도 영혼의 계약으로 인해 현중 자신의 업(業)이 테른에게

영향을 끼칠까 봐 아예 영혼의 계약의 증거인 영혼의 사슬을 끊어버린 것이다.

업(業)이라는 것은 살아가면서 그 어떤 인간도 피할 수 없는 것이다.

물론 사람에게는 업이란 살아가면서 필수적으로 쌓이는 것으로 운명을 좌우하는 하나의 키워드 역할도 했다.

그런데 영혼의 계약은 특이하게 영혼을 서로 공유하면서 한쪽이 한쪽에 종속되는 계약이었다.

신의 이름 아래 이뤄지는 이 계약은 영혼 대 영혼의 계약이기에 어쩔 수 없이 계약이 끝날 때 강한 쪽의 업이 약한 쪽에게 넘어가는 것이다.

한마디로 영혼의 계약을 한 시점에서 테른은 현중이 그동안 쌓은 업과 앞으로 쌓게 되는 업을 모두 테른 자신이 짊어지겠다고 나선 것이나 다름없었다.

물론 그 당시 테른은 마왕만 죽일 수 있다면 자신의 영혼 따위는 얼마든지 희생할 수 있었기에 과감하게 영혼의 계약을 현중에게 말할 수 있었다.

하지만 반대로 현중은 그걸 몰랐다. 인과율을 볼 수도 없었고, 천기가 뭔지, 하늘의 흐름이 뭔지도 몰랐던 현중이었으니 말이다.

하지만 그걸 알아버린 이상 이대로 테른을 두고 볼 수는 없었다.

최소한 자신이 해줄 수 있는 것을 해줘야 마음이 편하다는 결정에 영혼의 사슬을 강제로 끊어버려 업이 넘어가는 것을 막은 것이다.

"넌 나에게 해줄 만큼 해줬으니까."

—마스터……

테른은 현중의 말에서 이미 자신을 놓아주기로 결정했다는 것을 느꼈다.

거기다 현중은 한번 결정하는 데 신중해서 그렇지 이미 내린 결정을 뒤집는 일이 없었다.

그걸 테른이 모를 리가 없었다. 그동안 현중의 곁에서 지내온 시간이 오래 되었으니 말이다.

돌연 테른은 갑자기 자신의 아공간에서 두 개의 검을 꺼냈다.

붉은 검신의 검과 새하얀 검신의 검으로 필리핀에서 마수를 처리할 때 현중이 썼던 그 검이다.

촤라라랄!!

테른의 마기에도 반응하는지 두 개의 검이 꼬아지듯 서로 엉키더니 순식간에 하나의 검이 되었는데, 그 모습이 마치 가시가 돋아난 커다란 바늘을 보는 듯했다.

"뭐하는 짓이지?"

현중은 테른이 만든 것이 뭔지 이미 알고 있는 듯했다.

하지만 그래서 오히려 현중은 화를 내면서 테른에게 나직하지만 살기까지 실어 물었다.

—마스터가 없는데… 제가 존재할 이유는 없습니다.

"건방지구나, 테른."

자신의 뜻과 반대로 행동하는 테른의 모습에 현중이 진정으로 화가 나서 살기를 실어 말했다.

하지만 테른은 태연하게 자신이 만든 검으로 정확하게 가슴, 마족마다 꼭 있다는 약점을 향해 뒤집어 잡고는,

—마스터, 제가 마스터가 없는 상황에 이대로 살아갈 것이라고 생각하셨습니까?

"넌! 혈족을 다시 부활시켜야 하지 않느냐!"

—마계의 유구한 역사 속에서 사라진 혈족도 많습니다. 거기다 제게는 혈족의 유지보다 마스터와 함께하는 게 더 의미가 있습니다. 아시지 않습니까? 제가 얼마나 마스터를 존경하는지 말입니다.

"기어코… 죽음의 길을 걸으려고 하는구나."

—전… 그 길에 가장 앞장서서 마스터의 길 안내를 해드리는 것이 제 꿈입니다.

현중은 테른의 모습에 진정으로 화가 났지만 한편으로는 가슴이 아팠다. 어째서 테른마저 자신의 뜻을 몰라주는지 말

이다.

거기다 지금 테른의 모습에서 아마 자신이 끝까지 테른을 떨쳐내려고 한다면 주저없이 저 검으로 죽을 것을 알기에 결국 한숨을 내쉬었다.

"가자."

너무나 단순한 한마디였지만 그 말을 들은 테른은,

촤라라라라락!!

그대로 검을 다시 두 개로 만들고는 아공간에 집어넣어 버렸다.

"테른."

─네, 마스터.

"주인을 협박하는 녀석으로 난 키운 적이 없다."

투정 비슷하게 현중이 한마디 했지만 테른은 웃으면서,

─저도 저를 버리는 마스터를 모신 적이 없습니다.

"훗, 멍청한 놈."

─마스터는 멍청한 저의 주인이십니다. 그렇기에 저를 인도해 주셔야 합니다.

"말발만 늘었구나, 지구에 와서."

─이렇게 키운 건 마스터십니다.

"한마디도 안 지려고 하다니, 나 참."

씨익~

테른은 현중의 핀잔에도 끝까지 말대꾸를 하면서 마지막에는 웃었다.

"가자! 빌어먹을 카일라제에게로!"

현중이 주저없이 손에 쥐고 있던 메달에 마나를 집어넣자, 메달에서 엄청난 마나의 파동이 한번 울렸고, 그리고 현중과 테른은 사라져 버렸다.

*   *   *

"……."

현중은 한순간에 주위에 환경이 바뀌어 버린 것에 무심하게 주변을 둘러봤다.

왠지 눈에 익은 듯한 주변의 환경이 현중이 시선을 부여잡고 있었기 때문이다.

사람의 발길이 거의 닿지 않는 듯한 주변의 높은 산맥과 숨 쉬기 편하지 않은 공기를 생각하면 어림잡아도 해발 2,000m는 넘어 보였으니 말이다.

물론 주변의 산이 훨씬 더 높아 보였지만 해발 2,000m도 결코 낮은 높이가 아니었다.

—마추픽추입니다.

"역시……."

테른의 말에 그제야 생각이 난 현중은 가볍게 고개를 끄덕였다.

세계 7대 불가사의 중에 하나로 잉카인들이 남긴 유적 중 가장 유명한 것이다.

누가, 어째서, 어떤 용도로 이 높은 산에 돌을 쌓아 만든 것인지 모르는 곳이 바로 마추픽추였다.

마추픽추는 케추아 언어로는 '늙은 봉우리' 라는 뜻을 가지고 있다.

거기다 특이하게 마추픽추는 유적지를 가리키는 게 아니라는 것도 조금 특이했다.

본래 마추픽추가 있는 곳은 '젊은 봉우리' 라는 뜻을 가진 우아이나픽추와 '늙은 봉우리' 라는 마추픽추 사이에 있었다.

하지만 '늙은 봉우리' 인 마추픽추에 유적이 대부분 흩어져 있기에 봉우리의 이름을 따서 그냥 마추픽추라고 부르는 것이다.

즉, 마추픽추는 그 이름조차도 아직 밝혀진 게 거의 없는 유적지였다.

발굴되는 유물로 15세기 정도의 연대를 추정할 뿐 확실한 그 무엇도 없었다.

보이는 것은 모두 돌이었다.

황량한 돌과 태양에 가깝게 지어진 집터만 남아 있는 이곳에서 현중이 느낀 것은 공중도시라는 별명이 결코 어색하지 않다는 것이다.

　[괜찮은 곳이지?]

　"……!!"

　갑작스레 목소리가 들려왔다. 현중이 고개를 돌리자 그곳에 레이스와 꼭 닮은 쌍둥이의 모습을 한 카일라제가 있었다.

　그녀는 태양의 신전이라는 이름으로 불리는, 조그마한 탑을 쌓아 올린 벽 위에 장난스런 표정으로 앉아 있었다.

　"왜 이곳으로 나를 부른 거지?"

　[그냥… 좋지 않아? 인간이 만든 최고의 걸작이라는 말까지 듣는 곳인데 말야.]

　뭔가 아련한 추억을 생각하는 듯한 카일라제의 모습에 현중은 오히려 콧방귀를 꼈다.

　최소한 카일라제가 이렇게 감상적이지 않다는 것을 현중이 모를 리가 없다.

　그렇기에 더욱 현중은 긴장했다. 상대는 신이고 자신은 아직 인간이었으니 말이다.

　"그런 말 하려고 나를 불렀나?"

　당장 달려들어도 이상하지 않을 텐데 카일라제는 너무나 여유를 부리고 있었다.

거기다 이곳을 통통거리는 걸음으로 뛰어다니면서 마치 유적지에 놀러 온 어린애와 전혀 다를 바 없는 행동을 하고 있다.

―마스터.

테른히 슬쩍 현중을 불러 고갯짓했다. 그가 가리킨 곳에는 칼날도 들어가지 않을 만큼 정확하게 쌓아놓은 담벼락이 있었는데, 벨제뷔트가 그 위에 앉아 있었다.

[안녕! 오~ 네가 바로 테른 프롬발이구만.]

어린애 입에서 나온 목소리치고는 제법 굵었지만 테른과 현중은 둘 다 조용히 있을 뿐이다.

이곳은 카일라제의 영역이나 마찬가지니 말이다.

깡총깡총~

해맑게 웃으면서 여전히 유적지를 뛰어다니던 카일라제는 어느새 현중을 마주 볼 수 있는 곳까지 다가오더니 그대로 편하게 앉았다.

[아직도 화가 나 있는 거야?]

빠득!

카일라제의 천진한 말투에 현중은 순간 화가 치밀어 올랐다.

누구 때문에 지금 이 고생을 하는데 저따위 표정을 짓는단 말인가?

카일라제의 미소 짓는 입술을 보고 있으면 너무나 가증스러워서 당장에라도 찢어버리고 싶은 충동을 느꼈다.

[살기 좀 죽여. 아직 와야 할 녀석들이 있으니까.]

"누가 또 너와 나의 싸움에 온다는 거지?"

카일라제와 현중의 싸움은 이미 신과 인간의 싸움이었다.

누가 끼어들 여지가 없었다.

"베리얼을 기다리는 거냐?"

순간 현중은 그분의 명으로 내려온 베리얼을 생각해서 물어봤다.

"아니. 그따위 녀석은 오든 안 오든 상관없어."

그런데 현중의 예상과 달리 카일라제는 베리얼은 애초에 관심조차 없었는지 손사래를 치기까지 했다.

"……."

[…….]

그렇게 현중과 카일라제는 서로 마주 본 상태에서 아무 말 없이 서 있기만 했다.

한마디 말도 없이 현중은 카일라제를 똑바로 바라봤지만, 카일라제는 현중의 눈동자와 마주했다가 주변을 살펴봤다가 하는 것이 누가 봐도 행동이 어린애였다.

그렇게 말없이 몇 시간이 흘렀다.

그러다 갑자기 흥얼거리면서 앉아 있던 카일라제가 벌떡

일어서더니,

　[왔군.]

　"……?"

　카일라제의 말에 현중도 덩달아 시선을 카일라제가 보고 있는 방향으로 돌렸는데 그곳에는 현중도 잘 아는 사람이 서 있었다.

　"치우… 천왕님……."

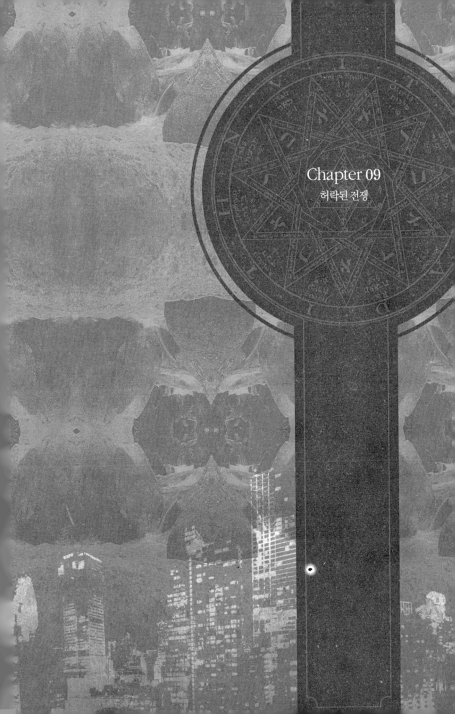

Chapter 09
허락된 전쟁

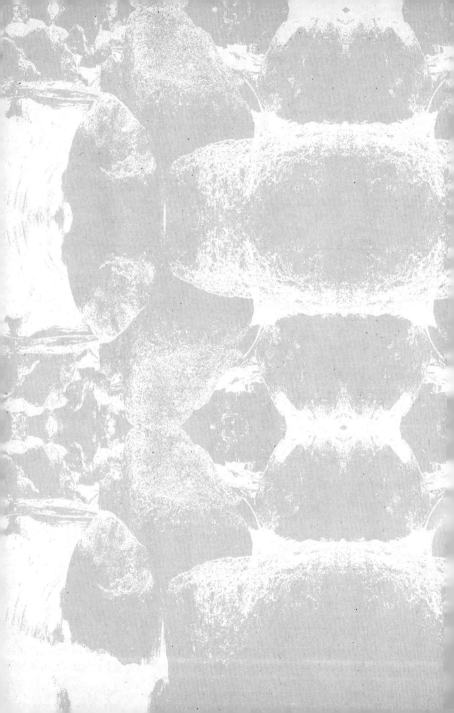

그렇다. 카일라제가 기다린 것은 바로 치우천왕이었다.

거기다 치우천왕의 뒤에는 언제나 같이 있던 짧은 스포츠 머리의 차원자도 같이 있었다.

[오랜만이야~]

마치 친한 친구를 부르듯 카일라제가 손까지 흔들면서 반기자 치우천왕의 옆에 있던 차원자는 인상을 찡그리더니,

[여전하구나, 너의 그 생각 없는 행동은.]

[후후훗, 내가 뭐 그렇지. 그보다 그분께서 뭐라고 하시지 않았지?]

[멍청한 녀석. 카일라제 넌 끝까지 네 고집대로 하려고 하는구나.]

뭔가 카일라제와 예전부터 알고 있었던 듯 차원자와 카일라제의 대화는 너무나 친근해 보였다.

현중도 차원자와 카일라제가 서로 친해 보인다는 것에 뭔가 이상함을 느꼈고, 거기다 이곳에 치우천왕까지 왔다는 것이 더욱 혼란스러웠다.

[현중 아이야.]

"치우님, 어째서 이곳에……. 그리고 차원자님도 어째서……?"

이곳에 치우천왕과 차원자가 나타날 이유가 전혀 없었으니 말이다. 차원자와 신은 같은 레벨의 존재다. 그 말은 카일라제를 차원자나 치우천왕이 막거나 제지할 수 없다는 것이다.

그분이 만든 규칙 중에 절대적인 것이 바로 신과 신의 싸움은 절대로 금지한다는 것이니 말이다.

그런데 지금 이 자리에 치우천왕과 차원자가 나타났고, 카일라제는 그런 그들을 지금까지 기다리고 있었다.

[야, 너 정말 끝까지 할 거냐!!]

어느새 대화가 격해져 버렸다.

차원자는 카일라제를 향해 큰소리쳤고, 카일라제도 지지

않겠다는 듯 맞받아치고 있다.

[어차피 너도 내 심정을 이해한다고 하지 않았냐?]

[물론 나도 이해해! 하지만 이건 아니잖아!]

[그분께서 허락한 일이다! 이제 와서 네놈이 아무리 떠들어 봐야 변하는 건 없어!]

획!

차원자의 말에 심통이 났는지 카일라제의 고개가 획 하고 돌아가자 차원자도 결국 견디다 못해,

성큼성큼~

힘차게 걸어 카일라제 앞으로 걸어가더니,

덥석!

카일라제의 멱살을 잡았다.

[감히!!]

벨제뷔트가 뒤에서 그 모습을 보다가 격분해서 차원자를 향해 뛰어들었지만,

쾅!!

차원자의 주먹 한 방에 자신이 뛰어든 속도보다 빠르게 허공으로 날아가 버렸다.

[꼭 이래야만 하는 거냐, 카일라제?]

[……]

뭔가 애원하는 듯한 차원자의 모습, 그리고 치우천왕도 왠

지 슬픈 듯한 얼굴 표정에 현중은 뭔가 잘못되어 가고 있는
것 같은 느낌을 받았다.

그때 그동안 가만히 있던 치우천왕이 나직이 차원자를 향
해,

[포세이돈.]

'포세이돈?'

치우천왕이 카일라제의 멱살을 잡고 있는 차원자를 향해
부르는 단 한 마디로 인해 한 가지 의문이 풀린 현중이다.

바로 포세이돈, 바다의 신으로 불리던 그였기에 인어를 이
곳으로 다시 불러들일 수 있었던 것이다.

하지만 그런 것은 아랑곳없는지 포세이돈은 여전히 카일
라제의 멱살을 잡고,

[기다려 봐! 내가 지금 이 녀석을 설득하지 않는다면…….]

[알아요, 저도. 하지만 스스로 결정한 일이에요. 이제 와서
우리가 그의 마음을 돌릴 수 없다는 걸 포세이돈 당신도 잘
알고 있잖아요.]

치우천왕의 말에 포세이돈도 고개는 끄덕였지만 자신은
납득이 가지 않고 있다.

그러다 고개를 획 돌려서 현중을 바라봤다.

[아이야.]

"네, 포세이돈님."

[넌… 기어코… 카일라제와 싸워야겠느냐?]

뭔가 말하고 싶은 게 있는데 억지로 참고 있는 듯한 포세이돈의 모습이지만 현중은 잠깐의 망설임도 없이 고개를 끄덕였다.

"인과율의 법칙을 벗어나면서 카일라제와 전 싸울 수밖에 없는 운명인 것을 느꼈습니다. 그리고 운명이 아니라도 전… 저 녀석을 용서할 수 없습니다."

빠득!

포세이돈이라고 어찌 현중의 심정을 모르겠는가. 하지만 자신이 생각할 때 이건 아니었다. 그건 치우천왕도 마찬가지였다.

그런데 카일라제는 그걸 그분께 허락을 받았고, 현중은 아직 신의 반열에 오르지 못했기에 지금 카일라제가 어떤 의중으로 이렇게 일을 벌였는지 전혀 모르고 있다.

그런데 더욱 문제는 이걸 이곳의 그 누구도 현중에게 말해줄 수 없다는 게 가장 안타까웠다.

[젠장, 알았다.]

포세이돈이 결국 뒤로 물러서자 치우천왕도 현중의 곁에서 떨어지더니 포세이돈의 옆에 섰다.

[지금부터 나와 치우의 권능으로 영역을 만든다. 그곳에는 그분이 허락한 존재, 김현중과 카일라제 외에는 그 누구의 접

근도 허락하지 않는다.]

그 말과 동시에 치우천왕과 포세이돈의 발밑에서 검은 그
림자가 사방으로 뻗어 나가더니 순식간에 현중을 집어삼켰
다.

―마스……

갑작스런 상황에 테른이 뭐라고 하려고 했지만 겨우 서열
마족에 불과한 테른이 신과 같은 레벨의 차원자가 권능으로
만든 영역에 들어올 리가 없었다.

화악!!

어두운 그림자에 삼켜지듯 사라졌던 현중이 다시 눈을 뜬
것은 주변의 분위기가 바뀌었다는 것을 느꼈을 때다.

"초원이라……."

산들바람에 흔들리는 풀이 마치 파도치듯 너울대는 모습
은 참 평온해 보였다.

카일라제가 현중의 시야에 들어오기 전까지는 말이다.

빠득!!

"카일라제……."

[후훗, 드디어 기다리던 순간이구나, 현중.]

희미하게 현중을 향해 미소 짓는 카일라제의 웃음을 현중
이 확인한 순간,

파악!!

급격하게 마나가 팽창하더니 현중의 등에 그 어떤 때보다 커다랗고 화려한 마나의 날개가 솟아올랐다.

[육체가 감당할 수 있는 마나의 양을 벗어나면… 등에 날개의 형태로 마나를 모아서 저장한다……. 대단해. 지금까지 그런 것을 실행한 인간은 아무도 없었는데 말야.]

빠득!!

"카일라제, 이것도 다 너 때문이다. 그걸 모르진 않겠지?"

[크크큭, 현중, 넌 말로 싸웠나? 많이 약해졌구나. 지구에 돌아온 후로 말야.]

쾅!!

카일라제의 도발을 듣는 순간 현중은 마치 활을 떠난 활시위처럼 곧장 카일라제를 향해 덤볐다.

태산도 부숴 버릴 수 있는 엄청난 마나의 기류가 흐르는 현중의 주먹은 그대로 카일라제의 얼굴을 향해 찔러 들어갔지만,

쾅!!

카일라제도 당하고만 있지는 않는다는 듯 완벽하게 막아냈다.

하지만 그게 끝이 아니었다. 현중의 공격은 마나의 집중으로 만들어진 공격으로 막는다고 해서 끝나는 게 아니었다.

쿠콰콰콰쾅!!

현중의 주먹과 현중의 주먹을 막은 카일라제의 팔뚝 사이에 갑자기 충격파가 생기더니 마치 양쪽으로 충격파가 쏘아지듯 퍼져 나가는 것이 아닌가?

콰콰콰콰콰콰쾅!!

마치 하늘에서 보면 현중과 카일라제 양쪽으로는 풀은커녕 땅까지 완전 뒤집어져 있는 처참한 모습이다.

그런데 그렇게 뒤집어진 땅이 놀랍게도 저절로 움직이더니 곧 원래대로 돌아왔다.

충격파에 갈가리 찢어진 풀조차도 금방 원래대로 돌아와 버렸다.

그리고 배경이 처음 모습으로 돌아왔을 때 현중의 주먹이 다시 움직였다.

쾅쾅쾅!!

"크아아아아아아!!"

쾅쾅쾅쾅쾅!!

마나를 한계까지 실은 현중의 주먹은 어린애 모습을 한 카일라제의 몸을 사정없이 짓이기듯 치고 들어갔고, 카일라제는 그런 현중의 주먹을 모두 막아내었다.

다만 카일라제와 현중 사이에서 생겨난 충격파 때문에 지금 이곳은 벌써 수십 번 뒤집어졌다가 다시 원상 복귀되는 기이한 모습의 연속이다.

"헉헉!"

벌써 주먹으로 공격만 수백 번을 했다.

하지만 카일라제는 모두 막아내었다. 마나를 한계까지 사용해서 공격한 탓인지 현중은 가쁜 숨을 몰아쉬고 있었다.

"젠장……."

시원하게 한 방이라도 먹이지 못한 게 억울한지 현중은 신경질적이었고, 카일라제도 그리 여유 있는 상황은 아니었다.

찌릿찌릿.

카일라제는 현중의 모든 공격을 막아낸 자신의 팔에서부터 전해지는 저림과 어깨의 충격 때문에 겉보기와 달리 이미 어깨 한쪽이 벌써 삐걱거리고 있었다.

[젠장. 마나를 비틀어서 공격력을 올리는 것과 동시에 내부로 충격을 주고 있구만.]

보기에는 현중이 마나만 잔뜩 실어서 공격하는 것으로 보였다.

아니, 처음의 첫 공격은 그렇게 했다.

하지만 완벽하게 카일라제가 막아내자 현중은 곧바로 공격 방식을 바꾸었다.

바로 발경의 원리를 사용하기로 했다.

신과 싸우는데 인간이 만든 발경의 원리라니?

어떻게 보면 이해가 가지 않겠지만 지금 카일라제가 강림해 있는 몸은 인간이었다.

그리고 강림해 있는 동안에 육체의 충격을 아무리 신이라
도 카일라제는 고스란히 받을 수밖에 없었다.

거기다 마나에 회전력을 넣은 전사경의 원리까지 섞어가
면서 공격하자 보기에는 카일라제가 완벽하게 막아낸 것 같
지만 실제로 들여다보면 50% 정도는 현중의 공격이 먹혀들
고 있었다.

"헉헉… 헉… 후… 후후… 움……."

가쁜 숨을 나름 고른 현중은 다시 마나를 최대치까지 활성
화시켰다.

펄럭!!

현중의 부름에 응했는지 등의 날개가 힘차게 펄럭였고, 한
번 날개가 펄럭거릴 때마다 현중의 몸의 마나는 몇 배나 활성
화되었다.

방금 공격에 이미 어느 정도 마나를 소비한 현중은 이제 날
개에 저장했던 마나를 뽑아 쓰고 있는 것이다.

그렇지만 워낙 순도가 높고 중첩을 해서 만든 마나의 날개
라 그런지 완전히 회복할 만큼 마나를 뽑아 썼는데도 날개의
크기는 줄어들지 않았다.

"후하……."

살짝 숨을 고른 현중은 다시 카일라제를 향해 뛰어들었다.

쾅!!

이번 공격도 역시나 카일라제가 완벽하게 막아냈다.

하지만 현중은 자신의 주먹을 막은 카일라제를 한 번 보고는 씨익 웃더니 카일라제의 팔과 닿아 있는 자신의 주먹을 그대로 내려치는 게 아닌가.

쾅쾅!!

현중은 단 한 번 주먹을 휘둘렀지만 충격음은 두 번 울렸다.

"쿨럭!!"

그리고 놀랍게도 이번 공격에 카일라제가 뒷걸음질을 치는 게 아닌가.

거기다 방금 현중의 공격을 막았던 팔은 축 늘어진 채로 말이다.

[설마 자신의 주먹을 내려쳐서 마나를 폭발시키다니… 미련한 놈!!]

카일라제는 자신의 부러진 팔만큼이나 현중의 상처가 깊다는 것에 혀를 내둘렀다.

뚝뚝.

현중의 왼쪽 주먹은 손가락이 사라져서 더 이상 주먹을 쥘 수도 없는 상태였다.

그렇다.

현중은 이대로 공격해서는 자신이 먼저 지친다고 판단 내린 것이다.

상대는 신이었다. 자기처럼 인간의 육체를 가진 존재가 아니다.

인간은 아무리 강해도 결국은 지치게 마련이다.

그럼 결과는?

자신의 패배가 분명하기에 결국 현중은 승부수를 띄우기로 마음먹고 처음 자신의 왼쪽 주먹이 카일라제에 막히자 곧바로 오른쪽 주먹으로 왼쪽 주먹을 때려 버렸다.

그리고 왼쪽 주먹에 있는 마나를 동시에 폭발시켜 버렸다.

보기에는 별것 아닐지도 모르지만 방금의 공격으로 카일라제의 오른팔은 어깨까지 완전히 부서져 버려 신의 권능을 사용해도 금방 고쳐지지 않을 정도로 망가져 버렸다.

물론 현중도 오른 주먹에 실린 마나와 왼손에 맺혀 있던 마나를 동시에 폭발시켰으니 왼손이 멀쩡할 리 없었다.

결국 현중은 왼 손가락이 모두 사라져 버렸고, 카일라제는 오른쪽 어깨까지 한동안 복구 불능의 상태가 되어버렸다.

[독한 놈!!]

카일라제도 설마 현중이 자신의 손가락을 희생해서까지 이토록 무식하게 공격할 줄은 예상치 못했다.

원래 카일라제는 현중의 공격을 일단 막을 생각이었다.

그리고 현중이 지쳤을 때 공격하려고 했는데 좀 전의 공격으로 상황이 바뀌어 버렸다.

[별수 없군.]

저벅저벅.

현중이 뛰어들었던 조금 전과는 달리 카일라제가 먼저 움직이기 시작했다.

후드득!!

현중도 왼손에 흐르는 피를 가볍게 털어버리고는 마나로 우선 더 이상 피가 흐르는 것을 막았다.

[가르침이 필요하겠어, 현중.]

카일라제의 뼈가 있는 한마디와 함께,

쾅!!

이번에는 카일라제가 먼저 현중에게 들려들었고, 그렇게 격돌이 시작되었다.

콰르르를!!

콰라르르르!!

이미 포세이돈의 권능으로 만든 이 공간은 수백 번 뒤집어졌다가 원상 복구되고 있었다.

거기다 점점 복구되는 속도가 빨라지고 있기도 했다.

반면 골치 아픈 존재도 있었으니 바로 포세이돈이었다.

[빌어먹을 놈, 뭔 놈에 위력이 저렇게 강해?]

이곳의 공간은 치우천왕와 포세이돈이 합작해서 만든 것이지만 지금 원상 복구되는 것은 모두 포세이돈의 권능의 힘이었다.

본래 처음에는 충격에 공간이 뒤집어지자 그냥 한번 원상복구시켜 줬다.

이 정도 권능의 힘을 사용하는 것은 차원자의 능력에 아무것도 아니었으니 말이다.

하지만 그게 한 번을 넘고 열 번을 넘어 이제 수백 번이나반복되자 포세이돈도 지쳐 가는 것이다.

거기다 현중의 왼손을 버리면서까지 성공시킨 공격을 보고는 혀를 내둘렀다.

일반적으로 인간은 자신의 몸이 상하는 것을 본능적으로막는 편이다.

인간은 본래 10의 힘을 낼 수가 있다고 한다.

하지만 그렇게 10의 힘을 모두 써버리고 나면 그 후로 한참동안은, 아니, 어쩌면 평생 다시는 힘을 쓰지 못하는 상황에놓이고 만다.

일례로, 차 밑에 깔린 자식을 구하기 위해 엄마가 차를 들어 올렸다는 말을 들었을 것이다.

하지만 그 후에 엄마는 어깨 관절이 빠졌고 인대와 근육의손상이 심해 몇 년 동안 재활 치료를 해야만 했다.

이렇든 본래 인간은 자동차 정도도 거뜬히 들 수 있는 힘이
있다.

다만 그게 몸에 무리가 오기 때문에 본능적으로 제한하고
있는 것이다.

그런데 현중은 자신의 왼 손가락을 아무 거리낌 없이 희생
하면서 카일라제의 오른팔을 완전 무력화시켜 버렸다.

[독한 놈.]

이 말이 저절로 나올 수밖에 없었다.

하지만 치우천왕은 그런 현중을 보면서 표정이 좋을 수가
없었다.

자신에게는 제자이자 어떻게 보면 자식과 같은 녀석이 아
닌가.

[늦기 전에 카일라제의 생각을 현중 아이가 깨달아야 될 텐
데…….]

포세이돈은 걱정하는 치우천왕의 귀에 들리게 나직하게
말했지만 그런다고 지금의 걱정이 사라지지는 않았다.

쿠왕!!

[젠장…….]

잠시 포세이돈이 이야기하는 사이에도 현중은 다리를 절
뚝이면서 일어서고 있었고, 카일라제도 오른팔이 완전히 떨
어져 나가 버린 상태로 비틀거렸지만 서 있긴 했다.

[독한 놈!]

카일라제는 현중이 이렇게까지 독할 줄은 예상하지 못했던 모양인지 치를 떨었다. 하지만 현중은 오히려 그런 카일라제의 모습에 즐거웠다.

"너만… 죽이면 돼, 너만. 크크크큭, 그럼 이따위… 팔… 다리… 아무 필요 없어. 그리고 내 목숨까지도 말야!"

신에게 필적한 힘을 가진 현중과 신의 힘을 90% 발휘할 수 있는 육체를 가진 카일라제의 싸움은 거의 5대 5 정도로 비등하다고 할 수 있지만 조금씩 그 균형이 현중 쪽으로 기울기 시작했다.

아직 왼 손가락만 버린 현중과 달리 방금 카일라제는 오른팔이 어깨까지 완전히 뜯겨져 날아가 버렸으니 말이다.

거기다 이상하게 신의 권능으로 치료하는 것도 늦어지고 있었다.

"카일라제, 왠지 권능으로도 치료가 늦어지지 않아?"

현중이 마치 알고 있다는 듯 말하자 카일라제의 눈빛이 날카롭게 변했다.

[알고 있다는 거군.]

"크크큭, 당연하지. 너는 내가 바보라서 무식하게 정면으로 공격했다고 생각하겠지?"

[그럼 아니라는 거냐?]

"크크큭, 넌 너무 자만해서 문제야. 크크큭. 내 마나의 날개, 이게 과연 그냥 육체가 포용할 수 있는 한계를 넘어서 가지기 위한 도구라고 생각하는 건가 본데… 천만의 말씀이야."

슈아아악!!

펄럭!!

현중이 몸 안에 마나를 활성화시키자 현중의 등에 솟아난 마나의 날개가 푸른색에서 천천히 붉은색으로 바뀌어갔다.

그리고 그렇게 마나의 날개가 붉은색으로 바뀌어가는 모습을 본 카일라제는,

[설마… 네놈……!]

"빙고! 중첩한 마나를 직접 네놈 몸속에 쑤셔 넣고 있었지. 크크큭… 내 마나에 실어서 말야."

[미친놈!! 제 수명을 깎아먹는 것을 알면서도…….]

현중의 등에 솟아난 마나는 몇 번의 중첩을 거쳐서 만들어진 것으로 마나를 다루지 못하는 일반인의 눈에도 보이는 이유는 바로 중첩한 결과였다.

아무리 눈에 보이지 않는 얇은 비닐도 몇 번을 겹치게 되면 결국 불투명하게 돼서 투명성을 잃는 것처럼 아무리 눈에 보이지 않는 마나라도 순도를 높이고 중첩을 하게 되면 눈에 보일 수밖에 없다.

그런데 그런 중첩된 마나를 자연스럽게 흡수하는 게 아니라 중첩된 마나의 조각을 그대로 몸 안으로 받아들여 마나에 실어서 카일라제의 몸에 꽂아 넣고 있었으니 처음이야 카일라제도 몰랐을 것이다.

중첩된 마나 조각이 그리 많지 않았으니 말이다.

하지만 그게 계속 쌓이다 보니 결국 딱딱한 마나 조각이 카일라제의 몸속에서 장애물이 되어버렸다.

아무리 신이라도 결국 생명의 기본인 마나를 다루는 것은 같은 원리였기에 현중이 만든 마나의 조각은 카일라제의 내부에 흐르는 마나를 막는 댐 역할을 하게 되었다.

마나로 만든 조각으로 막았으니 마나가 거부 반응을 일으킬 이유도 없었고, 마나였기에 카일라제는 뭐가 잘못된 건지도 몰랐다.

하지만 현중의 등에 솟아난 마나의 날개가 붉게 변한 것을 보고는 눈치챘다.

지금 현중의 등에 솟아난 마나의 날개는 모두 현중의 몸에서 나온 피로 붉게 변해 버렸기 때문이다.

마나의 조각이 빠진 곳을 지금까지 현중은 자신의 피로 매워가면서 카일라제의 눈을 속이고 있었던 것이다.

"희생이 큰 만큼… 결과는 만족스러운 거지. 안 그래?"

[빌어먹을 놈. 하지만… 확실히… 결과는 만족스럽게 나왔

군. 내가 치유력을 사용할 수 없게 되었으니.]

　신이 괜히 강한 게 아니다.

　신은 무한에 가까울 만큼 몸을 치유하고 재생할 수 있는 권능을 가지고 있다.

　그렇기에 신은 불사의 몸을 가지고 있는 것이다.

　하지만 그런 불사의 능력도 모두 마나를 마음대로 다루고 그분에게서 마나의 본질까지 꿰뚫어 볼 수 있는 능력을 허락받았기에 가능했다.

　그런데 현중은 잠깐이지만 신의 영역을 느낀 적이 있다.

　그리고 생각해 봤다. 어떻게 해야 신을 상대로 우위를 점할 수 있을까?

　상대는 불사의 능력을 가진 존재다. 당연히 인간의 육체를 가진 자신은 불리해도 너무나 불리했다.

　거기다 능력은 신에 필적할지 몰라도 역시나 인간의 육체를 가지고 있는 이상 한계가 있게 마련이다.

　특히나 신을 상대로 싸울 때는 지구에서 인간을 상대로 할 때처럼 여유롭게 한다는 건 자살 행위나 마찬가지였기 때문에 현중은 계속 생각하고 또 생각했다.

　그러다 한 가지 결론을 내린 것은, 신도 결국 마나를 사용한다는 것에서 실마리를 찾았다.

　"신이 불사에 가까운 능력을 가진 것도, 무한한 능력을 발

휘하는 것도 모두 마나의 이해와 사용 능력의 차이라고 생각
했지. 크크큭, 그럼 그 마나만 봉쇄해 버리면 나도 희망이 있
어 보였거든. 물론 대가는 내 목숨이겠지만 말이야."

마나에서 해답을 얻은 것이다.

상대가 마나를 마음대로 다루는 존재라면 그 마나를 막아
버리자. 그러면 상대가 설사 완벽한 신의 힘을 가지고 있다고
해도 충분히 가능성이 있다.

다만 그러기 위해서는 필연적으로 희생이 필요했는데, 바
로 현중의 몸이었다.

마나란 일반적으로 융화되는 기질이 있다.

사람의 몸에 들어가면 생명의 기운과 융화되어 생명의 힘
을 강하게 해주고 다친 곳이 있다면 치유력을 올려주거나 생
명과 관련된 것은 무엇이든 변화해서 동기화되면서 섞여 들
어가는 성질이 있다.

하지만 현중이 원하는 것은 그게 아니었다.

반대로 마나를 딱딱한 조각으로 만들어 마나에 실어 상대
편의 몸속에 쑤셔 박는 것을 원했다.

이런 계획을 세운 것도 모두 자신이 만들어낸 마나의 날개
가 조금은 특이한 성질을 지니고 있다는 것을 깨달은 후였다.

마나를 하나의 흐르는 강으로 생각하고 자신의 중첩된 딱
딱한 마나 조각을 이용해서 그 흐름을 막아버리는 것이다.

그럼 아무리 신이라도 별수 없었다.

그리고 그 결과를 지금 눈앞에서 보여주고 있으니 만족할 수밖에 없지 않는가? 아무리 목숨이 오락가락하는 대가를 치르더라도 말이다.

[결국은… 너나… 나 둘 중에 하나는 죽어야 끝나는 싸움이군.]

씨익~

현중은 카일라제의 말에 오히려 입가에 미소를 지었다.

그 어느 때보다 감미로우면서도 화려한 미소를 말이다.

"카일라제."

[……?]

"넌 몰랐구나?"

[뭘 말이냐?]

"처음부터 너와 난 하나가 죽어야 끝나는 운명이야!"

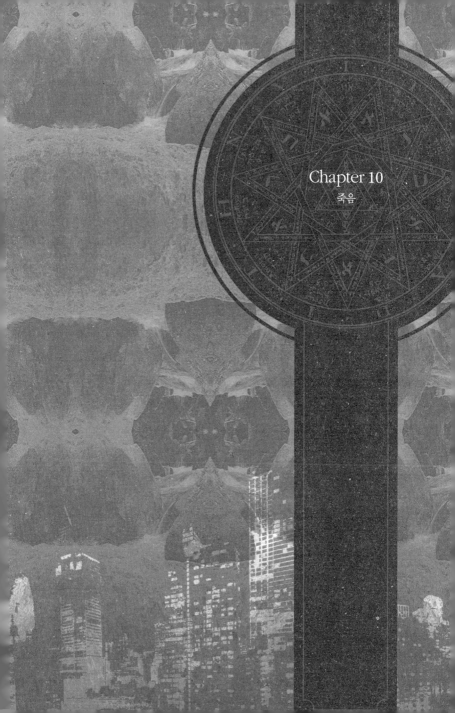

Chapter 10
죽음

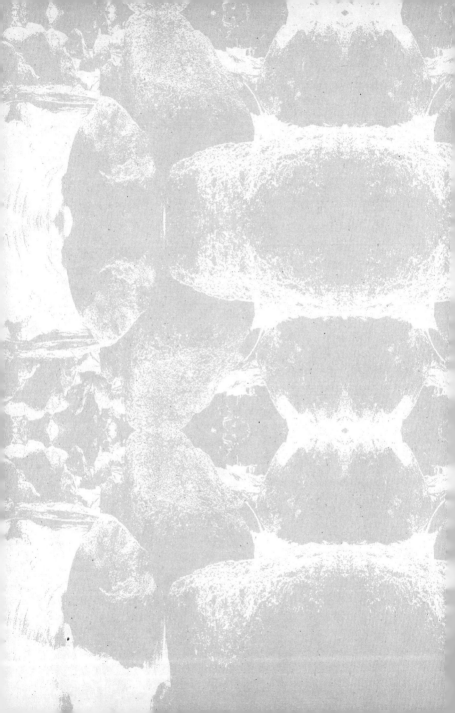

푸캉!!

현중의 마나가 다시 급속도로 팽창되었다.

그와 동시에 현중의 등에 솟아난 마나의 날개가 점점 더 붉은색이 진하게 변하더니 급기야 검붉은 색으로까지 변해 버렸다.

하지만 반대로 현중의 오른 주먹에는 눈에 보일 만큼 푸른색의 마나의 회오리가 휘몰아치고 있었다.

[네놈, 이번 한 방으로 끝장을 보자는 거군.]

"피차 어차피 너나 나나 서로 지치긴 마찬가지지 않아?"

[크크크, 그렇긴 하지.]

화르르륵!!

카일라제도 현중의 의도에 호응하듯 마나를 끌어올리자 마치 불타는 듯한 착각을 일으킬 만큼 화려하게 타오른 마나가 몸을 감쌌다.

하지만 곧 그 마나가 모두 카일라제의 왼손에 집중되자 마치 새하얗게 타오르는 태양을 손에 쥐고 있는 듯한 착각이 드는 카일라제의 마지막 한 수에 현중도 만족하는 듯 웃었다.

[지겨운… 인연도 끝내야지? 안 그래?]

"내가 할 말이다, 카일라제!"

쾅!!

현중이 먼저 땅이 흔들릴 만큼 강하게 지면을 박찼다.

쾅!!

카일라제도 현중이 움직이자 같이 지면을 박차고 뛰어들었다.

현중이 지나간 자리에는 붉은색의 띠가 허공에 그려졌고, 카일라제가 지나간 자리에는 새하얀 띠가 선명하게 그려졌다.

슈아아악!!

슈아아아악!!

현중과 카일라제의 뛰어드는 속도가 이미 공기를 찢어발

기면서 음속을 넘어서 버렸다.

그리고 붉은색과 새하얀 색이 부딪쳤다.

…….

엄청난 위력이 서로 부딪쳤으니 당연히 충격파마저 엄청
날 것이라 예상했지만 의외로 조용했다.

마치 아무것도 없는 것처럼 고요하게 말이다.

그러다 천천히 붉은 빛이 강하게 퍼졌고, 그와 동시에 새하
얀 빛도 강하게 퍼졌다.

콰르르릉!!

천지가 뒤집히는 엄청난 굉음과 함께 한순간이지만 현중
의 뒤쪽은 모두 붉은색으로 변했고, 카일라제의 뒤쪽은 모두
새하얀 색으로 변해 버렸다.

후두두둑, 후두둑.

너무나도 짧지만 강렬한 충격을 뒤로하고 다시 돌아온 공
간에는 서로 마주하고 있는 현중과 카일라제만 남아 있었다.

[독한 놈.]

"쿨럭!"

피를 한 모금 게워낸 현중도 힘겨운 듯 보였지만 기어코 입
을 열었다.

"피차일반이야. 쿨럭."

다시 말하다가 검은 피를 게워낸 현중은 눈동자가 서서히

힘을 잃어가고 있었다.

　파사사삭!!

　현중의 눈동자가 힘을 잃어가는 것과 동시에 현중의 등에 굳건하게 버티고 있던 마나의 날개가 산산이 부서져 사라져 버렸다.

　현중의 마나가 모두 소모된 것이다.

　거기다 현중의 등에서 마나의 날개가 사라지자 현중의 피부에 균열이 생기기 시작했다.

　결국 한계를 넘어선 힘과 마나의 균형이 깨어져 마나가 모두 사라지자 육체마저 붕괴를 시작하게 된 것이다.

　하지만 그러면서도 현중은 오히려 웃고 있었다. 어차피 이미 이렇게 될 것을 처음부터 알고 있었으니 말이다.

　그런데 그때 갑자기 돌연 카일라제가 자신의 왼손으로 현중의 머리를 움켜잡더니,

　[크아아악!!]

　카일라제의 몸에서 새하얀 빛이 강렬하게 뿜겨져 나오더니 금방 사라졌다.

　그런데 빛이 사라진 후 놀랍게도 마른 땅이 갈라지듯 균열이 일어나 금방이라도 부서질 것 같던 현중의 몸이 원래대로 돌아왔고, 왼손의 손가락마저 원래대로 돌아왔다.

　"카일라제… 어째서……!!"

현중은 마나의 날개가 부서지면서 카일라제의 몸에 제약을 걸었던 마나의 조각이 함께 사라진 것이다. 하지만 카일라제가 본인이 아니라 현중 자신에게 치료의 권능을 사용할 줄은 몰랐던 것이다.

쩌억!

그리고 현중이 바라본 카일라제의 얼굴이 선명하게 균열이 그려졌다.

[…현중… 난… 죽고 싶었다.]

"무슨 미친 소리를 하는 거냐!!"

갑작스런 카일라제의 행동에 현중도 당황했는지 큰소리쳤지만 카일라제는 조용히 미소를 지으면서,

[넌 모르겠지. 포세이돈. 치우천왕… 그리고 나… 모두 이곳 지구에서 태어나 신의 반열에 올랐다는 것을…….]

"뭐… 라는 거야, 지금?"

현중은 카일라제의 말에 순간적으로 머릿속이 복잡해졌다. 카일라제가 원래 이곳에서 인간으로 태어나 신의 반열에 올랐다면 지구로 돌아오는 것은 어쩌면 당연했다.

현중 자신이 지구로 돌아오길 바랐던 것처럼 말이다.

[후후훗. 난… 이왕이면 이곳에서 죽고 싶었다.]

그 말과 동시에 포세이돈의 권능으로 만든 공간이 사라지더니 처음의 마추픽추로 돌아와 있었다.

"설마… 설마……."

현중은 마추픽추의 모습과 함께 카일라제의 모든 행동을 종합하자 믿어지지 않는 결론이 나왔다.

"설마… 카일라제 넌……."

[그래, 난 잉카인이었지. 신의 제물로 바쳐져 죽음을 대가로 신의 능력을 부여 받았거든.]

쩌어억, 쩌걱!

카일라제의 몸은 점점 더 균열이 커지고 많아지고 있었다.

아마 현중에게 사용한 치료의 권능을 자신에게 사용했다면 절대로 죽지 않았을 것이다.

하지만 카일라제는 주저없이 현중에게 마지막으로 남은 치료의 권능을 사용했고, 그 결과 지금 카일라제의 몸은 죽어가고 있는 중이었다.

[신으로 다시 태어나는 조건으로… 난 다른 곳으로 가야만 했지. 내가 이곳에 신으로 들어서게 되면 형평성에 어긋난다는 그분의 조건으로 말야. 처음에는 좋았다. 신으로 태어나 마음먹은 대로 모든 것을 다 할 수도 있고 무엇이든 할 수 있다는 것에 말야.]

쩌거걱, 턱.

왼 손목 부분이 부서졌는지 딱딱하게 굳은 카일라제의 왼 손이 땅으로 허무하게 떨어져 내렸다.

거기다 발목마저 약해져서인지 부서져 버렸고, 자연스럽게 몸이 기울어졌다.

덥석.

현중은 자신이 왜 그랬는지도 모르게 넘어지는 카일라제의 몸을 받아주면서 자연스럽게 품으로 안아 들었다.

[후후훗, 웃기지 않나? 무엇이든 할 수 있지만 정작 내가 원하는 건 뭔지… 나 스스로도 몰랐으니까. 포세이돈은 말하더군. 스스로의 노력이나 능력으로 신이 된 게 아니라 신의 축복으로 신의 반열에 오른 난 지금까지 신으로 살아온 게 용하다고 말야. 그래서 생각했어. 차라리 난 그때 제물로 죽어버리는 게 더 좋았을 거라고 말야.]

"……."

카일라제의 말을 가만히 듣고 있던 현중은 자신도 모르게 눈물이 흘러내리는 것을 알았다.

불쌍해서? 안타까워서? 억울해서? 그 무엇도 아니었다.

그저 카일라제도 자신과 다를 바 없었다는 것을 이제야 알게 된 것이다. 그 때문에 현중은 카일라제를 보면서 울고 있었다.

[그분께서 말하더군. 내가 죽는 방법을 말야. 신을 죽일 수 있는 인간을 키워서 지구에서 내가 죽는다면 영원한 안식에 들 수 있다고 말야. 후후훗, 멋지지 않아? 죽는 순간… 그토록

그리웠던 곳에 올 수 있으니 말야.]

"카일라제… 넌… 넌……."

현중은 결국 말을 잇지 못했다.

[크크큭, 그냥 네 몸을 고쳐 준 것은 내 마지막 선물이라고
생각해라. 하지만 이미 사라져 버린 마나는 다시 되찾지 못할
거다, 현중.]

"알고 있다. 어차피 이따위 힘, 처음부터 내가 원한 것이
아니었으니까."

현중은 마지막의 공격으로 마나를 모두 잃어버리게 되었
다.

이미 마나의 조각을 자신의 몸을 통해 카일라제에게 집어
넣었으니 현중의 몸속은 완전히 만신창이가 되어 있었다.

신의 몸조차도 삐걱거리게 만들 만큼 마나의 조각은 딱딱
했다.

그런데 현중의 몸이라고 멀쩡할까?

당연히 그럴 리가 없다.

온몸의 혈도는 기본이고 혈맥까지 거의 거덜 난 상태였다.
그러다 보니 더 이상 마나를 모을 수도, 가질 수도 없는 몸이
되어버린 것이다.

만약에 카일라제가 치료의 권능으로 치료해 주지 않았다
면 그 어떤 치료의 마법이나 방법으로도 현중은 살아날 수 없

었을 것이다.

그만큼 신의 치료의 권능은 무적이라는 말이다.

다만 인간의 육체이기에 완전히 소모해 버린 마나를 다시 끌어 모으는 것은 불가능하다는 게 문제이긴 했다.

하지만 현중은 오히려 홀가분했다. 애초에 자신에게 이런 힘이 있는 것 자체가 운명의 족쇄나 마찬가지였으니 말이다.

[크크큭, 멍청한 놈. 차라리 신이 되지 그랬냐. 그럼 최소한… 비참하게 인간으로 인생을 마감하진 않을 것 아니냐.]

카일라제의 말에 현중은 미소를 지으면서,

"그러는 넌 왜 신이나 되는 녀석이 죽고 싶어서 안달 난 거냐? 응?"

[크크큭, 난 신이니까 신답게 죽어야지.]

"그럼 나도 인간답게 살다가 인간답게 죽을란다."

[…끝까지 멍청한 놈.]

쩌걱!! 바삭!! 바사삭!!

그 말을 끝으로 카일라제의 몸은 수천 조각으로 갈라져 버리면서 현중의 품에서 흘러내려 가버렸다.

그렇게 미워하고, 원수로 생각하고, 자신의 모든 것을 걸고 죽여야 했던 상대가 결국은 자신과 같은 처지의 삶을 살아온 녀석이란 것을 알았을 때 마음이 얼마나 시리고 아픈지 현중은 느낄 수 있었다.

아무것도 준비되지 않은 상태에서 신의 자리에 오른 카일라제는 철저하도록 고립된 신이라는 위치의 고독을 결국 이겨내지 못한 것이다.

그리고 어째서 치우천왕과 포세이돈이 차원자로서의 삶을 선택했는지도 이해가 되었다.

"포세이돈님."

[말해라.]

"카일라제는 처음부터 이럴 작정이었습니까?"

[나와 치우천왕도 뒤늦게 그분에게 들었다. 카일라제가 끝까지 숨겨달라고 했다는군.]

"그럼 치우님을 대륙으로 끌어들인 것도……."

현중의 말에 치우천왕이 고개를 끄덕이면서,

[그렇단다. 시간을 거스르면서까지 신을 죽이는 능력을 가진 인간이 될 가능성이 가장 높은 인간을 찾았고, 자신이 신으로 되기 훨씬 전의 시간까지 뒤져서 나를 대륙으로 불러들인 거다.]

"하하하! 뭔가 허무하네요."

[현중 아이야.]

치우천왕은 뭐라 해줄 말이 없었다.

어떻게 보면 현중은 철저하게 이용만 당했으니 말이다.

인간이 어찌해 볼 수 없는 까마득한 위치에 있는 높은 존재로부터 태어나는 순간부터 지금 이 순간까지 철저하게 운명의 수레바퀴에 이용만 당한 셈이다.

"치우님."

천천히 고개를 들어 하늘을 바라보던 현중은 나직하게 중얼거렸다.

"신은… 그분은… 왜 존재하는 걸까요?"

[…….]

[…….]

방금 현중의 짧은 말이었지만 포세이돈도 치우천왕도 현중에게 대답할 수가 없었다.

자신들조차 그분의 뜻을 듣고 움직이고 있는 하나의 말에 불과했으니 말이다.

꽈악!

조용히 양손에 주먹을 움켜쥔 현중은 천천히 일어서면서,

"만약에 그분께서 제 앞에 나타난다면… 전… 전… 진심으로 때리고 싶어질지도 모르겠네요."

[…….]

[현중 아이야.]

포세인돈과 치우천왕은 현중의 말에 뭐라 대꾸를 할 수 없었다.

특히나 치우천왕은 자신이 만약에 신이 되는 것을 선택하

지 않고 현중과 같이 인간으로 남아 카일라제를 상대하는 운명을 선택했다면 분명히 같은 말을 했을 것이다.

[그분은… 우리도 알지 못한다. 어떤 생각을 가진 건지. 하지만 언젠가는 알게 되겠지. 내가 바다를 버리고 차원자로서 다시 태어난 것도 어쩌면 너와 같은 의문을 풀기 위해서일지도 모르지.]

포세이돈은 조용히 한마디 하고는 사라져 버렸다.

포세이돈이 사라지자 치우천왕이 현중에게 다가와 현중의 얼굴을 쓰다듬으면서,

[현중 아이야, 가슴의 슬픔과 의문을… 쌓아두지 말아라. 너의 삶은 결국 너의 것이 아니더냐. 의문에 모든 것을 버리는 짓은 하지 않았으면 하는구나. 넌 나의 제자이자 나의 자손이기도 하니 말이다.]

현중은 너무나 슬픈 듯한 눈동자로 자신을 바라보고 있는 치우천왕의 모습에 천천히 고개를 끄덕이면서,

"알겠습니다, 치우님."

[이제 네가 원하는 삶을 살아가거라. 너에게는 그럴 자격과 의무가 동시에 주어졌으니 말이다.]

"네, 치우님. 정말 제가 원한 삶을 살아가겠습니다."

[그래, 넌 내 제자다. 내 제자는 결코 약하지 않다는 것을 명심하거라.]

마지막 말을 남긴 치우천왕도 조용히 물러나자 현중은 망연자실한 모습으로 눈에 띄는 돌을 의자 삼아 주저앉았다.

"후후훗, 후후훗, 바보 같은 삶이었어."

자신이 그토록 목표로 했던 것이 너무나 허무했다는 것을 깨달은 현중은 결국 머릿속이 공황상태로 빠져들었다.

그리고 몇 시간 동안 현중은 조용히 앉아서 하늘만 바라보고 있었다.

[크크크큭, 평범한 인간이 되었단 말이지?]

한참 동안 멍하니 하늘을 바라보던 현중의 귓가에 익숙한 목소리가 들려 고개를 돌려보니 벨제뷔트가 언제 다시 왔는지 현중을 향해 익살스럽게 웃고 있었다.

"벨제뷔트, 살아 있었군."

[당연하지. 크크큭, 내가 일부러 포세이돈님에게 달려든 것을 아무도 몰랐으니 말이야. 그런데 현중 너 정말 평범한 인간이 되었구나.]

벨제뷔트의 말에 현중은 천천히 고개를 끄덕이더니 자신의 왼손을 바라봤다.

[그렇단 말이지. 평범한 인간, 인간이……. 그럼…….]

천천히 고개를 돌려 주변을 살펴보던 벨제뷔트의 눈동자가 붉게 변하더니,

[너를 먹어도 상관없겠군.]

벨제뷔트의 손에서 손톱이 자라나고 입이 귀까지 찢어지면서 마치 영화에 나오는 괴물과 같은 모습으로 변했다.

거기다 피부가 조금씩 어두워지더니 급기야 시커먼 색으로 변해 버렸다.

그리고 조금씩 귀에 거슬리는 소리가 들렸다.

윙~ 윙~ 위잉~

너무나도 익숙하지만 듣는 것만으로도 짜증이 나는 그 소리는 바로 파리가 날아다니는 소리였다.

"벨제뷔트, 파리 대왕이라는 별명이 그냥 생긴 게 아니군. 후후훗."

현중은 지금 자신의 눈앞에 당장에라도 잡아먹을 것처럼 준비하고 있는 벨제뷔트를 보고 있으면서도 어째서인지 무섭다거나 위험하다는 느낌이 들지 않았다.

자신도 이런 자신의 모습에 의문을 가졌지만 별 이유 없이 그냥 그런 것이다.

[크크큭, 언제까지 그런 건방지고 여유있는 표정을 지을 수 있을까?]

벨제뷔트는 지금의 현중의 모습에 기분이 더러웠다.

당연히 평범한 인간이 되어버린 현중이라면 자신의 모습에 공포를 느껴야 한다.

지금까지 자신이 이렇게 모습을 변화시키면 그 누구라도

비명을 지르거나 소리치면서 공포에 떨어댔다.

그리고 그런 공포를 양분으로 삼아 자신은 조금씩 마왕으로서의 힘을 찾아가고 있는 중이었다.

하지만 지금 눈앞에 현중은 어째서인지 편안한 얼굴 표정 그대로였다.

가식적으로 센 척하거나 무서우면서도 무서워하지 않는 그런 게 아니라 정말 공포를 느끼지 않고 있는 것이다.

[인간 주제에… 건방져!!]

휙!!

벨제뷔트는 현중의 그런 편안한 표정이 너무나 역겨웠기에 얼굴을 찢어 버릴 작정으로 힘껏 손톱을 세워 달려들면서 찔렀다.

너무나 빠른 공격과 함께 인간의 약한 몸으로는 절대로 막을 수 없는 벨제뷔트의 손톱은 금방이라도 현중의 얼굴을 난자해 버릴 것이 분명했다.

그런데,

쾅!

[쿨럭! 네놈은……!]

거의 현중의 얼굴에 손톱의 끝이 닿기 직전 돌연 어두운 무언가가 벨제뷔트의 시선을 가로막으면서 엄청난 충격에 나가 떨어져 버렸다.

―되다 만 파리 놈이 건드릴 만큼… 내 주인이 그리 만만해 보이더냐.

어느새 현중의 앞을 막아선 테른은 벨제뷔트가 현중에게 이빨을 들이밀었다는 것 자체만으로도 이미 분노하고 있었다.

아무리 현중이 평범한 인간이 되었다고 해도 현중은 현중이었다.

저따위 되다 만 파리가 건드릴 존재는 아니었던 것이다.

[크크큭, 되다 만 파리? 겨우… 서열 마족 주제에 나 마왕 벨제뷔트를 건드려!!]

촤라라락!!

테른의 개입과 함께 서열 마족 주제에 자신의 앞을 막아섰다는 것에 자존심에 상처를 입었는지 벨제뷔트의 몸이 급격히 커지더니 처음의 어린애 같은 모습은 이미 사라지고 그 자리에 생겨난 것은 커다란 몸과 여섯 개의 팔을 가진 시커먼 괴물이었다.

―겨우 인간의 공포를 양분으로 연명하는 주제에!

화르르륵.

벨제뷔트의 변신에 테른도 화가 났는지 마기를 끌어올리자,

촤락!!

촤락!!

테른의 등에 검은색의 박쥐 모양의 날개가 솟아오르면서 머리에는 커다란 뿔이 솟아났다.

벨제뷔트처럼 덩치가 커지진 않았지만 오히려 단단해졌다고나 할까?

아무튼 덩치로 보면 벨제뷔트가 압승으로 보이긴 했다.

[기껏 혈족 주제에!!]

부아앙!!

커다란 팔을 휘둘러 테른을 강하게 내려친 벨제뷔트의 주먹은 마치 태산이라도 부술 듯한 기세였다.

하지만 그걸 가만히 지켜보던 테른은 가볍게 팔을 들어 막아냈다.

마치 아무것도 아닌 것처럼 말이다.

[네놈… 뭔가 믿는 한 수가 있구나!!]

―모르고 있군.

[모르다니, 뭘 말이냐?]

―인간의 육체를 빌려 강림한 마족과 자신의 모든 것을 가지고 지구에 살아가는 마족의 차이를 말이야.

스윽~

말을 마친 테른이 갑자기 벨제뷔트의 시야에서 사라져 버렸다.

퍼격!!

[크악!! 뭐야, 이건?!]

갑자기 테른이 사라지는 것과 동시에 어디선가 무언가가
날아와 자신의 몸을 구타하기 시작한 것이다.

[말도 안 돼!! 난 마왕이란 말이다!! 마왕!!]

너무나 빠른 테른의 움직임과 소환된 능력과 본신의 모든
것을 가지고 있는 것과의 현격한 차이를 깨닫지 못한 벨제뷔
트는 복날에 개처럼 지겹도록 테른에게 얻어맞았다.

퍽, 퍼퍼퍽, 퍼퍽, 퍼격, 퍼거걱!!

[그, 그만! 그만!]

벨제뷔트는 지금 죽을 맛이었다.

쓰러지고 싶어도 어떻게 알았는지 쓰러지는 방향으로 테
른이 주먹질과 발길질을 해서 다시 일으켜 세우는 것이다.

아무리 마왕이고, 힘이 강하고, 덩치가 크다고 해도 뭐가
보여야 잡을 게 아닌가?

아무리 휘둘러도 테른의 옷깃조차 건드릴 수 없는 벨제뷔
트였다.

하지만 테른은 사방에서 커다란 벨제뷔트의 육체를 가지
고 놀고 있는 중이었다.

쿵!!

그러다 겨우 테른의 공격이 멈추자 허물어져 버리듯 주저

앉아 버린 벨제뷔트는 어느새 자신이 왜 쓰러지는지도 잊어
버린 상태였다.

스스스스슷.

완전히 힘이 빠져버렸기 때문일까?

벨제뷔트의 몸이 다시 점점 작아지더니 곧 처음의 어린애
모습으로 돌아왔다.

[쿨럭! 컥컥!]

어린애 모습으로 돌아오고 나서도 충격이 완전히 사라지
지 않았는지 검은 피를 뿜어내고 나서야 겨우 고른 숨을 쉬는
듯 거칠게 가슴이 벌렁거리는 모습을 보였다.

[강하군, 테른 프롬발.]

벨제뷔트는 자신이 마왕이었다는 것조차도 잊어버릴 만큼
신나게 두들겨 맞았다는 것에 한편으로는 어이가 없었지만
이유를 누구보다 잘 알고 있기에 받아들일 수 있었다.

―내가 강한 게 아니다, 벨제뷔트.

저벅저벅.

테른은 천천히 현중에게 다가가면서,

―네가 약한 거다.

[크크크크윽, 그래, 내가 약한 거지. 이대로는 너를 이기는
건 불가능할 거야. 안 그래?]

―영원히 불가능하다, 벨제뷔트.

압도적인 힘의 차이, 무엇보다 속도, 힘, 능력 무엇 하나 벨제뷔트가 테른을 앞서는 게 없었다.

거기다 벨제뷔트는 인간의 몸을 빌려 입고 있는 상태였고, 테른은 완전히 마족 본신의 육체를 가지고 있기에 힘을 쓸 수 있는 한계부터 완전 하늘과 땅 차이었다.

[그래, 마족은 강자에게 쓰러지는 것이 결코 부끄러운 일은 아니지. 하지만……]

부스럭부스럭.

천천히 몸을 일으키던 벨제뷔트는 테른을 바라보면서 입가에 미소를 짓는 게 아닌가?

[인간에게는 지지 않아.]

타타탁!!

갑자기 엎드린 채로 미친 듯이 달리기 시작한 벨제뷔트는 한 마리 표범과 같이 재빠르게 테른의 품으로 파고들었다.

—어딜!!

테른은 정확하게 벨제뷔트의 머리를 노리고 주먹을 휘둘렀다.

그런데 주먹에 느껴지는 감촉이 없었다.

[키키키.]

한순간 팔과 다리에 힘을 줘서 스프링처럼 위로 솟아오른 벨제뷔트는 그대로 테른의 키를 넘었다.

타탁!! 타타타타타타!!

테른을 뛰어넘자 뒤도 돌아보지 않고 현중을 향해 미친 듯이 네 발로 달리기 시작한 벨제뷔트의 입은 어느새 귀까지 찢어진 채로 날카로운 이빨이 선명하게 솟아나 있었다.

[인간 하나는 잡아먹어야 마왕 체면이 서지!!]

―아찻!!

한순간 테른은 자신이 방심했다는 것을 깨닫고 급히 뒤로 돌아 힘차게 땅을 찼지만 이미 벨제뷔트의 손톱은 현중의 근거리까지 닿아 있었고, 벨제뷔트의 이빨은 현중의 목을 향해 있었다.

[잘 먹겠습니다!! 캬캬캬캬캬!!]

캉!!

[응?]

분명히 현중의 목을 향해 힘껏 이빨을 들이밀었던 벨제뷔트는 무언가 딱딱한 것이 이빨에 걸리자 이상하다는 생각에 눈을 떴다.

[오랜만이야, 파리.]

[…….]

능글맞게 웃는 얼굴로 자신을 바라보고 있는 누군가를 본 벨제뷔트는 자신의 입에 물려 있는 것을 확인했다.

[낫?]

[빙고! 낫이야. 데스 나이트들이 가지고 다니는 사신의 낫이라고도 하지.]

[네놈! 누구⋯⋯?]

벨제뷔트가 소리치려고 했지만 그보다 빠르게 베리얼의 사신의 낫이 움직여서 벨제뷔트의 입속으로 깊이 들어갔다.

[나⋯ 베리얼이야. 오랜만이지?]

[베⋯ 리얼⋯ 네놈이⋯ 어떻게⋯⋯.]

베리얼이라면 쿠테타를 일으켜서 자신을 소멸시켰던 그 마왕이 아니던가?

벨제뷔트에게는 베리얼은 철천지원수였다.

그런데 어째서 베리얼이 데스 나이트들의 사신의 낫을 가지고 있는 건지는 벨제뷔트의 머릿속에 없었다.

[네놈을 잡아오라는 그분의 명령이 있어서 말야. 이렇게.]

스걱!!

베리얼은 한 치의 망설임도 없이 그대로 벨제뷔트의 입에 쑤셔 넣은 낫을 휘둘러 머리를 잘라 버렸다.

[그런데 이렇게 해서 네놈이 죽진 않겠지?]

머리가 반 토막이 난 벨제뷔트의 육체가 허공에 떠오르면서 뒤로 물러나는 것을 봤지만 베리얼은 이 정도에 죽으면 벨제뷔트라는 이름이 억울하다는 것을 너무나 잘 알고 있었다.

자신도 마왕이었으니 마왕이 얼마나 끈질긴지 잘 알고 있는 것이다.

서걱!! 서걱!!

마치 낫으로 묘기라도 부리듯 자유롭게 휘두르면서 허공에서 벨제뷔트의 몸을 수십 조각으로 잘라 버린 베리얼은 잘린 벨제뷔트의 몸이 땅에 떨어지기 전에 손을 뻗어 회수했다.

[아, 이로써 임무 끝!]

가볍게 벨제뷔트를 처리한 베리얼은 가벼운 걸음으로 현중에게 다가가더니,

[이런, 정말 평범한 인간이 되어버렸네.]

베리얼도 그분에게 듣기는 했지만 설마 하는 생각이 조금은 있었다.

그런데 막상 직접 만나보니 현중에게서 마나의 느낌은 정말 눈곱만큼만 느껴질 뿐이다.

평범한 사람 그 이상도 그 이하도 아니었다.

[아, 너랑 싸울 때가 가장 재미있었는데.]

베리얼은 현중과 싸울 때가 그나마 긴장감이 넘치고 피부를 찌르는 짜릿한 느낌 때문에 좋았다.

하지만 카일라제와의 싸움으로 인해 힘을 잃어버린 현중은 더 이상 베리얼의 흥미를 끌지 못했다.

[그분께서 너만은 절대로 건드리지 말라는 명령이 있었으니…… 어차피 명령이 아니라도 힘을 잃어버린 넌 흥미가 없

지만.]

냉정하게 현중에게서 돌아선 베리얼은 그대로 사라져 버렸다.

"후후훗."

현중은 베리얼의 말에 오히려 가슴이 편안했다. 더 이상 힘으로 인해 싸울 일도 없고 편안한 생활을 할 수 있다는 생각 때문에 말이다.

—마스터.

테른이 다가와 현중 앞에 서자 현중은 그동안 멍하던 눈동자가 천천히 정상으로 돌아오더니,

"돌아가자."

—알겠습니다.

테른은 현중의 눈동자가 정상으로 돌아온 것만으로도 너무나 좋았다.

그런데 막상 현중과 함께 돌아가려고 했던 테른이 멈칫거리더니,

—그런데, 마스터, 저희는 어디로 돌아갑니까?

"……."

테른의 말에 순간 현중도 멈칫거렸다.

그러고 보니 앞만 보고 달려왔을 뿐 이제 와서 되돌아가야 할 곳을 만들지 않았던 것이다.

하다못해 한국에 그럴듯한 집도 하나 사놓지 않았다.

마나의 능력을 잃어버렸지만 그래도 현중은 대동그룹의 회장이고, 탬플재단의 수장으로 있는 마리아의 연인이었으며, 혈족의 능력을 모두 가지고 있는 테른의 마스터였다.

다만 돌아갈 곳이 없을 뿐이다.

"그냥… 여기서 살까?"

현중은 마추픽추에 텐트라도 치고 그냥 지낼까 하는 생각에 말했지만 테른이 강력하게 고개를 흔들면서 그 계획은 무너져 버렸다.

―마스터, 저희가 돌아갈 곳은 없을지 몰라도 가봐야 할 곳은 있습니다.

"어디?"

―마스터를 기다리는 분이 있는 곳으로 말이죠.

테른의 말에 현중은 씨익 웃더니 한숨을 쉬고 나서,

"맞아죽지 않으면 천만다행이겠군."

그토록 상처가 되는 말을 하고 나왔으니 이제 웃으면서 돌아간다고 마리아가 쉽게 용서해 줄지 조금은 의문이다.

하지만 그래도 돌아갈 곳은 없지만 가야 할 곳이 있다는 것만은 다행인 듯했다.

"가자. 마야 곁으로."

―네, 마스터.

지구의 운명을 걸고 싸운 장소치고는 너무나 고요했다.

다만 이곳은 부서져 내리긴 했지만 카일라제의 무덤이나 마찬가지였다.

그것을 아는 사람은 현중이 유일했지만 말이다.

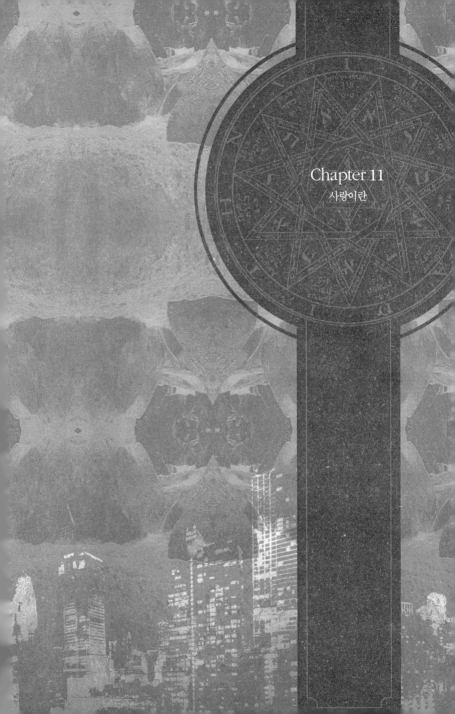

Chapter 11
사랑이란

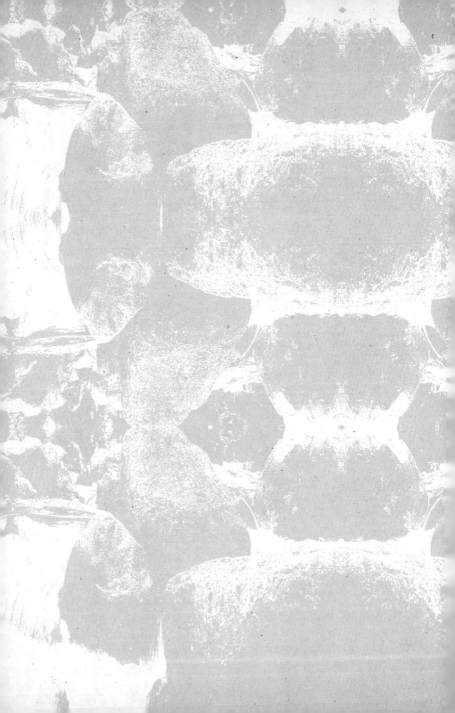

안개가 가득한 런던의 새벽 공기는 차가우면서도 무언가
폐부를 깊이 파고드는 한기가 있었다.

"춥군."

현중은 그동안 초인으로 있게 해준 마나가 사라진 현재 보
통 사람이기에 안개 속의 한기가 피부를 파고드는 것을 막지
못했다.

거기다 평소에 거의 간편한 옷차림을 입어도 문제가 없었
기에 더더욱 추위를 느끼는 듯했다.

―마스터, 그럼 제가… 마법으로……

스윽.

테른은 현중에게 온도 유지 마법을 걸어주려고 했지만 손을 들어 그런 테른을 막아서더니,

"그냥 이게 더 좋다. 그리고 적응해야지."

수십 년 동안 절대자의 위치에 있던 현중은 자신이 은연중에 원하던 보통의 삶을 살아갈 수 있는 몸을 얻었지만 그와 동시에 여러 가지 불편한 것이 있었다는 것을 그동안 잊고 있었다.

특히나 영국의 안개는 유명하리만큼 차갑다는 것도 전혀 모르고 있었으니 말이다.

―바로 가시겠습니까?

지금 현중이 서 있는 곳은 멀리 마리아가 살고 있는 저택이 보이는 곳이었다.

이미 테른은 저택에 마리아가 돌아와 있다는 것을 알고 바로 이곳으로 이동했다.

물론 저택 내부로 이동하려고 했지만 현중이 조용히 조금 떨어진 곳에서 모습을 드러내기를 원했기에 이곳으로 이동했다.

"가야겠지."

자신 멋대로 했던 행동에 대한 최소한의 사과는 해야 하니 말이다.

사정이 어떻든 간에 현중은 마리아에게 사과를 해야 했다.

일말의 설명조차 없이 영원히 떠날지도 모르는 곳으로 갔으니 말이다.

아니, 영원히 마리아와 이별을 예상했다.

지금 자신이 이렇게 살아 있는 것도 모두 카일라제가 마지막에 치유의 권능을 써서 치료해 주었기 때문이지 원래대로라면 현중은 카일라제와 함께 죽을 운명이었다.

저벅저벅.

천천히 저택을 향해 걸어간 현중은 쇠창살로 되어 있는 커다란 문 앞에 서서 초인종을 눌렀다.

딸각.

예상과 달리 버튼을 눌렀을 때 들리는 작은 소리 외에는 아무것도 들리는 게 없었다.

하지만 조금만 고개를 들어보면 지금 방범 카메라가 현중을 향하고 있다는 것은 알 수 있었다.

찌이이익, 덜컹!

누구냐는 물음도 없이 문이 열렸다.

"쩝."

그동안 마리아의 성격을 생각하면 이렇게 조용히 문을 열어줬다는 것은 아마 직접 만나서 따지고 들려는 것이리라.

저벅저벅.

겉에서 보기에는 저택의 크기를 짐작할 수 없었지만 안으로 들어오자 과연 영국에서 알아주는 가문답다는 생각이 들었다.

안개 때문에 자세히 보이지는 않지만 일직선으로 놓여 있는 길은 자동차가 다니기에도 충분할 만큼 크면서도 마치 잘 짜인 그림을 보는 듯 질서정연하게 만들어져 있었다.

길을 걷다 문득 현중은 지금까지 마리아의 저택에 몇 번 오긴 했지만 이렇게 정문을 통해 일반적인 걸음으로 찾아온 적이 단 한 번도 없다는 것을 생각하자 자신도 모르게 웃음이 나왔다.

"결국 강하면 강한 만큼 잃어버리는 게 있고 약하면 약한 만큼 얻는 게 있는 법이구나."

그동안 자신이 얼마나 많은 것을 놓치고 지내왔는지 새삼 느끼게 되었다.

물론 이런 현중의 변화는 모두 카일라제와의 일전 때문이었다.

자신의 모든 것을 걸고 미워했던 녀석이 결국은 그저 편안함을 바라는 어린애였다는 것을 뒤늦게 알게 되었고, 신이라는 존재의 의문을 가지면서 이렇게까지 상황이 꼬여 버린 것 또한 한숨만 나오는 경험을 하고 난 뒤 현중은 어느 정도 성숙했다고 할 수 있었다.

물론 갑자기 사람이 완전히 바뀌지는 않지만 지금까지의 현중이 무언가 다가가기 어려운 느낌이라면 지금의 현중은 부드러운 바람이 부는 듯 많이 유연해졌다는 표현이 아마 맞을 것이다.

끼이익.

거의 10분 넘게 걸어서 도착한 저택의 문 앞에 현중이 올라서자 커다란 문이 작은 마찰음과 함께 열렸다.

"기다리고 있었습니다."

새하얀 머리카락을 단정하게 빗어 넘긴 노인이 현중에게 인사를 하자 현중도 가볍게 고개를 숙여 인사했다.

"마야는 어디에 있습니까?"

"지금 2층 응접실에 계십니다."

"알겠습니다."

현중은 더 이상 물어보지 않고 집사를 지나 천천히 걸어 중앙의 커다란 계단을 걸어 올라가는 와중에 커다란 초상화 하나가 눈에 들어왔다.

멈칫.

현중이 자신도 모르게 초상화를 보면서 걸음을 멈추자 뒤따르던 집사는,

"전대 가주이신 바이론 폰 바로슈 백작이십니다. 현 백작님의 부친이시기도 하지요."

현재 바로슈 가문에 유일한 혈육은 마리아뿐이기에 마리아가 백작의 지위를 넘겨받았다. 하지만 이미 마리아는 자신의 힘으로 국가 공인 마스터에 올라 스스로 백작위를 하사 받았기에 지위에 변화가 있는 것은 아니었다.

정식으로 바로슈 가문을 이어받았다는 것만 변했을 뿐이다.

"닮았군요."

현중은 초상화의 굳건한 인상과 마리아를 처음 만났을 때를 생각하자 정말 부녀라는 것을 누구라도 알 수 있을 만큼 닮았다는 것을 느꼈다.

"두 분은 성격까지 닮았기로 유명하셨습니다."

"네."

현중은 잠시 초상화를 바라보다가 초상화에 고개 숙여 인사를 했다.

집사도 현중이 왜 초상화에 고개를 숙여 인사하는지 이유는 모르는 듯했지만 마치 현중이 죽은 전대 바로슈 백작에게 인사를 하는 것 같은 느낌을 받았다.

물론 집사 혼자만의 느낌이었지만 말이다.

"전 이만 물러가겠습니다."

현중이 마리아가 있는 응접실에 노착하사 집사는 현중에게 공손하게 인사를 하고는 곧바로 내려가 버렸다.

사실 현중이 이 저택에서 길을 잃어버릴 가능성은 없었다.
몇 번 와봤으니 말이다.

하지만 손님이 오면 집사가 안내를 하거나 뒤따르면서 혹
시라도 손님이 원하는 것을 들어줘야 하는 예절 때문에 따라
왔을 뿐이다.

조금 전 초상화를 보고도 집사가 따라오지 않았다면 현중
은 누구인지 짐작만 할 뿐 확실하게는 몰랐을 테니 말이다.

똑똑.

"들어와요."

높지도 그렇다고 낮지도 않는 목소리였지만 단 한 가지만
은 확실했다.

'살기가 느껴지는군.'

아무리 마나를 잃어버렸다고 해도 그동안 현중이 몸으로
체득한 감각마저 사라진 것은 아니었기에 방금 마리아의 목
소리에 미약하게 실려 있는 살기를 현중은 느낀 것이다.

어쩌면 힘을 잃어버렸기에 몸의 감각이 오히려 더 민감하
게 반응했는지도 모른다.

끼이익.

현중이 손가락으로 살짝 밀기만 했는데도 처음부터 문은
열려 있었는지 곧 약간의 마찰음과 함께 의외로 부드럽게 열
렸다.

타탁, 타탁.

안으로 들어온 현중의 눈에 가장 먼저 보인 것은 벽난로 옆의 소파에 앉아 가만히 자신을 바라보는 마리아의 차가운 눈동자였다.

"살아왔네요."

표정 하나 변하지 않은 채 굳은 얼굴로 현중을 본 마리아의 첫마디였다.

그런데 이런 상황에 현중은 습관처럼 웃으면서,

"응. 어쩌다 보니 살아왔네."

아무렇지 않은 모습으로 태연하게 대답하고 말았다.

마리아의 양손 힘줄이 불끈 솟아올랐다. 주먹을 꾸욱 쥔 그녀가 현중이 서 있는 곳까지 성큼성큼 다가왔다.

따끔따끔.

현중은 지금 마리아의 몸에서 퍼지고 있는 살기에 피부가 따가웠지만, 살기만으로 사람이 죽을 정도는 아니기에 참고 있었다.

"현중 씨, 아니, 당신은… 정말……."

갑자기 현중의 얼굴을 가까이서 보면서 말하던 마리아의 차갑던 표정이 서서히 무너지기 시작하더니 이내 커다란 마리아의 눈동자에 이슬이 맺히기 시작했다.

"정말 어째서… 이렇게까지… 제멋대로일 수 있는 건가요."

또로록.

결국 마리아의 눈동자에 맺힌 이슬은 커다란 방울을 만들어 볼을 타고 흘러 턱 끝에 맺혔다가,

톡.

작고 투명한 하나의 방울이 되어 마리아의 턱을 떠나 바닥으로 떨어졌다.

그런 모습을 가만히 지켜보던 현중은 자신 앞에서 마리아가 우는 것이 미안한지,

스윽.

손을 들어 마리아의 눈물을 닦아주려고 했다.

찰싹!

하지만 그보다 먼저 마리아의 손이 현중의 손을 쳐 내버렸다.

"지금 난… 화가 났어요."

"알아."

울면서도 화가 난 듯 눈에 쌍심지를 잔뜩 켜고 못된 표정을 지으려고 하는 마리아의 모습을 가만히 바라보던 현중은 순간 이런 생각이 들었다.

'귀엽네.'

상대는 국가 공인 마스터다.

이제 평범한 사람이 되어버린 자신과 비교하면 하늘과 땅

차이이다.

하지만 지금 현중 앞의 마리아는 그저 여자로만 보였다.

자기 몰래 나쁜 짓 하다 걸려서 야단맞고 있는 남자를 혼내고 있는 일반인 여자 말이다.

다만 서로 사랑하기에 현중은 그 모습마저 귀엽게 보일 뿐이다.

"미안해."

현중은 진심을 다해서 미안하다고 했다.

하지만 그 말에 마리아가 화를 풀기에는 너무나 크게 화가 나 있었다.

덥석!!

마리아는 현중의 손목을 움켜잡더니,

"지금 그 미안하다는 한마디로 모든 게 해결될 거라고 생각하는 건가요? 당신이 제멋대로인 건 알지만⋯ 지금까지⋯⋯."

현중의 손목을 강하게 움켜쥐고 자신의 할 말을 쏟아붓던 마리아는 갑자기 당황하는 표정이 되더니 말을 잃어버렸다.

그리고 잡고 있는 현중의 손목을 천천히 놓았다.

마리아가 손을 놓자 선명하게 현중의 손목에 그려진 멍 자국에 오히려 당황한 사람은 마리아였다.

"이게⋯ 어떻게 된 거예요?"

현중은 무적이었다.

자신이 아무리 용을 써도 옷깃 하나 건드릴 수 없는 그런 무적의 남자 말이다.

그런데 지금 자신이 조금 힘을 줘서 손목을 잡았다고 시퍼런 멍이 손목에 남겨진다는 것은 있을 수 없는 일이었기에 당황했다.

그것보다 더 먼저 마리아가 눈치챈 것은 바로 현중의 몸에서 뿜어져 나오던 압도적이던 느낌이 완전히 사라진 것이다.

처음에는 마리아도 화가 나서 몰랐는데 마리아가 현중의 손을 잡는 순간 뭔가 이상하다는 것을 깨달았다.

"그렇게 됐어."

별것 아니라는 듯 가볍게 말하는 현중과 달리 마리아는 갑자기 허둥지둥 당황하더니 현중의 얼굴을 만지고 몸을 살펴보다가 급기야 현중의 손목을 다시 잡고 자신의 마나를 살짝 밀어 넣어봤다.

"크윽!"

마리아의 마나가 현중의 몸에 침투하자 괴로운 듯 현중의 입에서 침음성이 튀어나왔다.

"현중 씨, 도대체… 이게… 뭐예요? 어떻게 된 거예요? 설마…….."

현중의 지금의 상태는 아무리 생각해도 일반적인 사람의

반응과 너무나도 똑같아 마리아는 당황하다가 곧 현중의 눈동자를 가만히 지켜보았다.

"당신… 잃어버렸군요."

믿어지지 않지만 현중은 지금까지 가지고 있던 그 엄청난 힘을 모두 잃어버린 것이다. 거기다 완전히 일반적인 평범한 사람이 되어버렸다.

끄덕.

현중은 고개를 끄덕이고는 씨익 웃었다.

"어떻게 웃을 수 있는 거예요? 그, 그걸 다 잃어버렸는데……."

마나를 다루면서 누구보다 위에 군림하던 사람이 갑자기 그 모든 것을 잃어버린다면?

당연히 누구라도 절망에 빠질 것이다.

아니, 압도적인 힘이 한순간에 사라진다면 어떻겠는가? 당연히 미치고 팔짝 뛸 게 분명했다.

지금 마리아도 마스터로서의 능력을 잃어버린다면 아마 자살하고 싶을지도 몰랐다.

그만큼 힘을 잃어버린 상실감은 상상 이상이었으니 말이다.

그런데 전 세계를 상대로 싸워도 지지 않을 것 같던 현중의 힘이 사라져 버렸다.

그럼에도 마리아의 눈앞에 있는 현중은 너무나 편안한 얼굴이다.

"처음부터 내 것이 아니었으니까."

마치 빌렸던 것을 돌려줬다는 듯 말하는 현중의 대답에 마리아는 결국 울음을 터뜨렸다.

"흑흑, 어떻게… 흑흑, 어떻게… 그렇게 태연할 수… 있는 거예요!"

터져 버린 눈물샘에서 하염없이 흘러내리는 눈물을 마리아는 닦을 생각도 하지 않고 현중을 바라보기만 했다.

그런 마리아의 모습에 현중은 손을 들어 흐르는 눈물을 닦아주면서,

"사과하러 왔어요."

"지금 나한테 사과하는 게 문제가 아니잖아요. 흑흑, 그게… 어떤… 힘인데……."

자신이 마스터이기에 힘이 어떤 건지 잘 알고 있는 마리아는 지금 너무나 슬프게 울고 있었다.

"말없이 떠난 거 미안해요. 그리고……."

잠시 울고 있는 마리아의 눈물을 닦아주던 손을 옮겨 볼을 쓰다듬은 현중은,

"당신의 사랑을 받아준 것, 미안해. 그래서 이제 돌려줄게."

나직하지만 현중의 말에 마리아는 어깨를 들썩이면서 울던 것을 돌연 멈추었다.

"당신은 끝까지… 제멋대로군요."

눈물은 흘리고 있지만 어찌 된 건지 마리아는 또다시 화를 내기 시작했다.

아니, 처음보다 더욱 화를 내었다.

덥석!!

갑자기 마리아는 현중의 멱살을 잡더니,

"내가 안 받아요!"

"……."

신경질적인 마리아의 말에 현중은 대답을 할 수가 없었다.

이제 일반 사람이 되어버린 자신이 마리아의 곁에 있으면 무조건 약점일 수밖에 없다.

물론 테른이 있고 나름 자본력이 있으니 크게 문제 될 것은 없겠지만 마리아가 사랑하는 남자라는 것이 바로 약점이 될 것이다.

특히나 마리아의 위치 때문에라도 평범한 사람은 오히려 마리아에게는 짐일 수밖에 없었다.

"내가 당신을 절대로 안 보내요! 아니, 못 보내요!"

와락!

그리고는 현중을 강하게 끌어안더니 현중의 귓가에 나직

이 속삭였다.

"나에게 사랑은 오직 당신 하나예요."

그리고 말없이 한참 동안 현중을 끌어안고 소리없이 우는 마리아였다.

타오르는 벽난로를 가만히 바라보고 있는 마리아는 잠이 든 현중의 얼굴을 바라보고 있었다.

얼마나 지쳤는지 소파에 앉아 세상모르고 잠에 빠져 버린 것이다.

그리고 그런 현중의 얼굴을 벌써 몇 시간째 바라보고만 있는 마리아였다.

"테른 씨 있나요?"

마리아가 나직하게 테른을 부르자,

스윽.

현중의 그림자에서 테른이 모습을 드러냈다.

"제가 개인적으로 부른 건 아마 처음이죠?"

―네, 그렇습니다.

"현중 씨는… 정말 잃어버린 건가요? 다시 회복할 수 없는 건가요?"

현중의 힘이 필요한 게 아니라 혹시 나중에라도 잃어버린 힘으로 인해 자괴감에 빠질까 봐 물어본 것이다.

지금까지 현중의 곁에서 가장 가까이 있었고, 그 누구보다
현중에 대해서 잘 알고 있는 테른이기에 가능한 질문이었다.
   최소한 테른은 거짓말을 하지 않는다는 것을 알고 있었다.
   ─앞으로는 어떨지 저는 잘 모릅니다. 하지만 마스터께서
다시 전의 힘을 회복하는 것을 원하지 않으실 수도 있습니다.
   "그런가요."
   오히려 힘을 잃어버렸는데도 편안해 보이는 모습을 보고
있으면 힘의 상실을 현중이 원했을지도 모른다는 생각이 들
었다.
   "테른 씨."
   ─그냥 편안하게 테른이라고 부르십시오. 저에게는 마스
터와 다를 게 없습니다.
   현중이 사랑한 여인이고 가장 먼저 모든 일이 끝났을 때 찾
아온 사람이 바로 마리아다.
   그만큼 현중의 가슴에 마리아가 자리 잡고 있다는 것을 보
여주는 일이고, 무엇보다 현중을 마스터로 섬기고 있는 이상
테른에게 현중이 사랑하는 여인 또한 현중과 동급이다.
   "…그냥… 전 이게 편해요."
   ─편하실 대로.
   굳이 호칭을 강요할 필요는 없었다.
   "테른 씨는 언제까지 현중 씨 곁에 있을 건가요?"

현중은 힘을 완전히 잃어버린 상태다.

그리고 은연중에 이미 현중의 존재가 전 세계에 알려진 상황이었다.

압도적인 무력과 상식을 넘어서는 방법으로 현대 과학의 모든 것을 무력화시키는 모습을 보여줬기에 현재 현중에게는 적이 많은 상태였다.

지금이야 마리아가 보호할 수 있지만 아무래도 한계가 있다.

현중이 평범해졌다는 것을 받아들이는 순간 마리아는 오히려 현중의 안전이 걱정되기 시작했다.

러시아뿐만 아니라 미국도 현중을 찾아다니고 있는 것을 알고 있으니 말이다.

러시아야 지금 한창 전쟁 중이라 그럴 여력이 없지만 그것도 오래가진 않을 것 같았다.

알렉산드로가 활약해 준 덕분에 거의 무너져 가던 러시아군이 반격에 성공해 곧 마무리 지을 것으로 보였다.

거기다 알렉산드로는 처음으로 러시아 국가에서 공인된 마스터로 인정받기까지 했다.

전쟁으로 인해 군부의 영향력이 극도로 강해진 러시아의 현재 상황을 보면 국가 공인 마스터로 공식 인정받은 알렉산드로의 영향력은 러시아 대통령도 좌우할 수 있을 만큼 커져 버렸다.

일반 시민은 물론이거니와 군부를 포함해 거의 전 러시아에 수호신과 같은 이미지를 심어주었고, 그 역할도 확실하게 수행했으니 말이다.

만약에 알렉산드로가 러시아 군부를 휘어잡게 되면 아마 러시아로부터는 현중은 어느 정도 안전할 것이다.

알렉산드로와 현중의 사이를 생각하면 분명히 러시아를 막아줄 것이니 말이다.

하지만 미국이 문제였다.

지금이야 현중의 눈치를 보고 있지만 영원한 비밀은 없는 법이다.

혹시라도 현중이 힘을 잃어버렸다는 것을 미국이 알게 되면 끝까지 현중의 목숨을 노릴 것이 뻔했다.

이런 상황에 마리아가 믿을 수 있는 존재는 테른뿐이었다.

현중 다음으로 지구상에서 가장 강한 존재였으니 말이다. 지금이야 테른이 가장 강하긴 하지만.

─영원히 마스터의 곁에 있을 겁니다.

마리아는 한 치의 망설임도 없는 테른의 말에 똑바로 바라보면서,

"지금 그 말, 약속할 수 있나요?"

마리아는 현중과 테른이 어떤 사이인지 자세히 모르니 이

렇게 노파심에서 되물어볼 수 있지만 애초에 이런 질문 자체
가 테른에게는 필요가 없었다.

─곁에서 지켜보시면 아실 것입니다.

"알았어요. 그럼 테른 씨를 믿고 알려줄 게 하나 있어요."

─네. 말씀하십시오.

"미국이 현중 씨의 목숨을 노리고 있어요."

어느 정도 예상은 했는지 테른은 가볍게 고개를 끄덕이면
서,

─알고 있습니다.

"집요할 거예요. 미국은 자신들에게 위협이 된다고 판단되
면 시체가 확인되는 순간까지 노리는 녀석들이니까요."

테른이 어떤 성격이고 확실하게 어느 정도 힘을 가진 마족
인지 모르는 마리아는 가장 믿을 만한 테른이기에 사실대로
자신이 알고 있는 정보를 모두 알려줬다.

"특히나 현중 씨가 오리하르콘을 가지고 있다고 판단한 미
국은 기회만 엿보고 있는 중이에요. 절대로 포기하지 않을 거
예요."

영국은 여왕이 나서서 오리하르콘을 포기하라고 이미 명
령을 내린 상태였다.

어째서, 무엇 때문에 여왕이 그런 명령을 내렸는지 아무도
모르기에 반대가 심했지만 여왕은 그런 반대를 모두 한 번에

묵살해 버리면서 조용히 한마디를 남겼다고 한다.

"핵탄두도 소용없는 김현중 백작과 적이 되길 원하는 건 아니겠죠?"

그 말에 시장바닥처럼 요란하던 상황이 한순간에 조용해져 버렸다.

현재 현중과 마리아가 연인 사이라는 것은 영국의 알 만한 지도층은 다 알고 있는 상태다.

특히나 러시아 미사일을 황당하게 무력화시켰을 때 영국은 오히려 기쁨의 미소를 지었던 것이다.

연인의 국가를 공격할 일은 없을 테고, 무엇보다 영국이 공격을 받는다면 현중이 나서줄 수 있다고 생각했기에 웃을 수 있었다.

하지만 오리하르콘으로 고집 부린다면 적으로 돌아설 수 있다는 말에 그 누구도 선뜻 나서질 못했다.

만약에 잘못 나섰다가는 반역자라는 말을 들어도 할 말이 없을 테니 말이다.

아무튼 영국은 현중이 미리 여왕에게 어느 정도 언질을 줬기에 무마될 수 있지만 문제는 미국이었다.

집요하면서도 끈덕진 미국은 모든 정황을 살펴보고 현중에게 오리하르콘이 있다는 것을 알아챈 것이다.

물론 그걸 몰랐다면 그게 더 이상한 상황이긴 했지만 말이다.

"이미 영국 내에 CIA 녀석들이 눈에 불을 켜고 현중 씨를 찾고 있어요."

―알고 있습니다.

너무나 태연한 테른의 반응에 마리아는 테른이 미국의 끈덕짐과 잔인함을 모르기에 이렇게 편안하다고 생각했는지 계속 미국의 위험을 강조했지만 결과는 여유로운 웃음뿐이었다.

―바로슈 백작님 걱정하시는 건 알 알고 있습니다. 하지만…….

테른은 잠들어 있는 현중을 슬쩍 한번 보고 나서 다시 마리아를 보면서,

―만약 마스터에게 단 한 번이라도 공격을 한다면…….

조용히 말하는 테른을 마주 보던 마리아는 갑자기 온몸에 소름이 끼치는 것을 느꼈다.

―지구상에서 미국이라는 국가는… 더 이상 존재하지 않을지도 모릅니다.

이제는 현중의 눈치를 볼 필요가 없는 테른이었다.

물론 인간의 역사를 쥐고 흔들 생각은 없지만 그렇다고 마스터를 공격한 적을 가만히 놔둘 마음은 눈곱만큼도 없는 테른이기도 했다.

한마디로 현중을 공격하는 순간 그 상대는 테른에게 얼마든지 공격할 수 있는 기회를 주는 셈이었다.

"오히려 현중 씨보다… 테른 씨가 더 위험했군요."

지금까지 현중의 그늘에 가려져 있었기에 마리아조차도 테른이 얼마나 위험한 존재인지 전혀 모르고 있다가, 그 한마디로 본능적으로 느껴지는 위험 신호를 깨닫게 되었다.

현중과는 완전히 그 궤를 달리하는 공포를 느낀 것이다.

거기다 현중은 어느 정도 소란스러운 것을 꺼리는 성격이었다.

물론 한번 나선 이상 끝장을 보기는 했지만 적당히 화를 내고 적당히 참을 줄도 알았다.

하지만 테른은 현중과는 완전히 다른 공포를 주고 있었다.

오히려 지금 테른은 미국이 현중을 공격해 주길 바라고 있다는 생각이 순간적으로 든 마리아다.

그 어떤 공격에서도 현중을 지킬 수 있다는 자신감과 함께 언제든지 오라고 손짓하고 있는 것이다.

마리아는 지금까지 정보부의 경험상 현중보다 테른이 더 위험하다는 것을 느끼고 한마디 하자 테른은 씨익 웃으면서,

ㅡ전 언제나 마스터를 중심으로 움직일 뿐입니다.

"알았어요. 최소한… 테른 씨가 있는 한 현중 씨는 안전하다는 걸 알겠네요."

마리아는 자신의 본능이 경고하는 바를 믿기로 한 것이다.

어떤 힘이 있고 얼마나 강한지 모르지만 마리아의 본능은 이렇게 말하고 있었다.

'절대로 건드리지 마라. 건드리는 순간 모든 것을 잃는다' 라고 말이다.

거기다 정보부의 수장으로 있었던 경험까지 생각하면 이런 본능의 경고는 절대로 틀린 적이 없었다.

마리아는 조용히 테른에게 현중에 관한 안전은 모두 맡기기로 했다.

어쩌면 처음부터 현중은 힘이 있든 없든 무적일지도 몰랐다.

테른이 곁에 있는 한 그 누구도 현중에게 해를 입힐 수 없으니 말이다.

"그보다 이제 뭘 할 건가요?"

마리아는 테른에게 물어보자 테른은 고개를 저으면서,

─마스터께서 움직이시면 그것이 곧 저의 일입니다.

"……."

테른의 말을 듣던 마리아는 대번에 지금 현중이 아무런 계획이 없다는 것을 알았다.

그래서 지금 현중이 얼마나 위험한 곳에서 살아왔는지 다시금 느끼는 계기가 되기도 했다.

언제나 한 수 앞을 내다보면서 계획적으로 움직이던 현중이다.

자신이 알고 있는 현중은 결코 눈앞만 보고 움직이는 사람이 아니었으니 말이다.

그런데 그런 현중이 지금 뭘 할지 정하지도 않고 있을 정도라면 거의 죽을 확률이 99.999%라는 엄청난 위험 속에서 살아 나왔다는 말밖에 되지 않았다.

"미련한 사람이군요, 당신은."

세상모르게 잠들어 있는 현중을 바라보던 마리아는 한숨을 내쉬더니 고개를 돌려 테른을 바라보았다.

"테른 씨."

─네, 말씀하십시오.

"더 이상 조바심내면서 기다리기 싫어서 그러는데, 도와주실 건가요?"

─…….

테른은 마리아의 말에 물끄러미 잠든 현중을 바라보더니,

─저도 이제 저 혼자 모시기에는 살짝 힘에 부치던 상황이었습니다. 그렇게 해주신다면 저로서는 감사드릴 뿐이지요.

씨익~

테른의 말이 끝나는 순간 마리아의 입가에 미소가 번졌는데, 어째서인지 그 미소가 현중의 미소를 많이 닮아 있었다.

그렇게 현중이 잠든 사이에 마리아와 테른이 은밀한 밀담이 오가고 난 뒤 한 달이 지났을까, 세계적으로 빅뉴스가 하나 터졌다.

Chapter 12
결혼

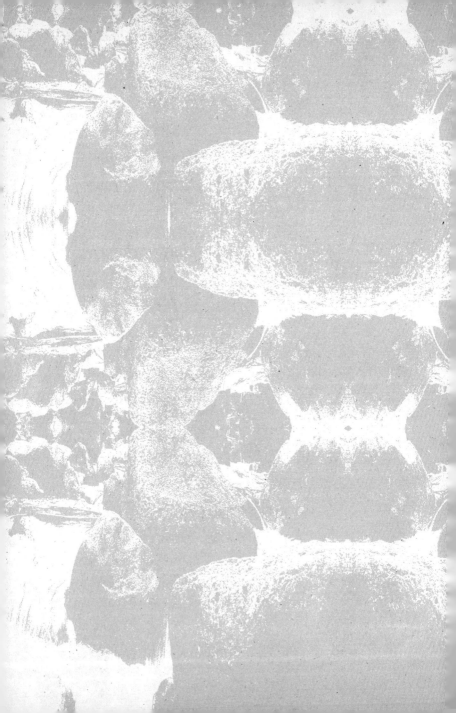

　─깊은 역사를 자랑하는 영국의 바로슈 백작 가문의 현 가
주인 마리아 폰 바로슈 백작과 대한민국의 김현중이라는 청
년이 결혼식을 올린다고 합니다.

　지금껏 영국 왕실과 귀족의 역사에서 동양 사람과 결혼을
한다는 것은 있을 수 없었던 전례이니만큼 전 세계적으로 이
목을 모으고 있으며, 이것은 동서양의 만남과 함께 대한민국
의 대동그룹과 영국의 탬플재단의 만남이라고 말하는 사람들
의 의견이 대부분입니다.

거의 폭탄 발언으로 마리아와 현중의 결혼식이 발표되었다.

거기다 영국 여왕의 전폭적인 지지 아래 마리아는 영국의 귀족 예법에 따라 현중과 정식으로 결혼식을 올린 것이다.

현중의 결혼식은 전 세계적으로 이슈가 된 만큼 방송부터 세간의 관심을 모으기에 충분했다,

특히나 대한민국에서는 대동그룹 경영 일선에서 물러나 자취를 감추었던 김현중 회장이 급작스레 영국 귀족과 결혼을 올린다고 하니, 또 다시 그의 이름으로 나라가 떠들썩해지는 것은 두말할 필요도 없었다.

"나쁜 사람 같으니."

대한민국의 모든 사람이 축하하면서 놀라워하는 반면 대동그룹의 비서실에서 혼자 그 소식을 듣고 한숨과 함께 현중을 욕하는 여자가 있었으니, 바로 천유화였다.

이미 마리아와 현중이 자주 함께 다닌 것을 알고 있는 천유화였지만 그래도 영국의 귀족이 동양의 남자와 결혼하겠는가 하는 생각에 어느 정도 기회를 엿보고 있다가 완전히 뒤통수를 맞은 것이다.

그러거나 말거나 인터넷으로 생중계는 물론이고 전 세계적으로 방송되면서 김현중이라는 이름과 얼굴이 알려져 버렸다.

그리고 신혼여행이라는 말과 함께 갑자기 사라져 버린 현중과 마리아를 찾아 한동안 전 세계가 떠들썩거렸다.

'결혼 후 갑자기 사라진 세기의 커플, 과연 어디에 있는 것인가?' 라는 제목으로 현중과 마리아의 신혼 여행지가 어디인지 알려주는 사람에게는 1만 달러의 포상금까지 준다는 소문이 퍼지기 시작했다.

이미 세계적으로 유명세를 탔으니 그만큼 특종인 것이다.

하지만 영국 왕실은 물론이고 그 누구도 현중과 마리아가 있는 곳을 알지 못했다.

특히나 현중과 마리아의 신혼 여행지가 이슈가 된 것은 바로 결혼식을 끝내고 전 세계의 모든 이가 보는 앞에서 현중과 마리아의 모습이 사라져 버린 것이다.

그것도 결혼식을 올린 성당 안에서 말이다.

수많은 인파와 함께 수백 명의 기자가 눈에 불을 켜고 기다리고 있던 곳에서 귀신처럼 사라져 버렸다.

"정말 여기… 무인도 맞아요?"

세계의 모든 언론이 눈에 불을 켜고 찾고 있는 현중은 지금 비치 의자에 앉아 느긋하게 음료수를 마시고 있는 중이었다.

그리고 마리아는 그 옆에서 몸매를 한껏 드러낸 비키니 수영복을 입고 비치 의자에 앉아 있었다.

"맞아요. 무인도예요."

"그런데……."

무인도라는 말과 함께 정말 사람 하나 살지 않는 곳이라는 것은 이미 확인했다. 섬이 그리 크지도 않았으니 말이다.

하지만 마리아는 고개를 슬쩍 돌려 자신이 앉아 있는 비치 의자 바로 뒤쪽에 깔끔한 모습으로 들어서 있는 펜션 하나를 보면서 혀를 내둘렀다.

"저 펜션은 도대체 언제 지은 거예요?"

2층짜리 펜션이 무인도 중심에 떡하니 들어서 있는 것이다.

거기다 태양열로 자가발전을 하고 이미 안에는 현중과 마리아가 사는 데 전혀 불편함이 없도록 모든 물품이 갖춰져 있는 모습에 마리아마저도 놀라 버렸다.

그것뿐인가?

더 놀라운 것은 현중이 바다를 바라보기 좋은 오두막이 하나 있으면 좋겠다고 말하자,

─잠시만 기다리시면 됩니다.

옆에 있던 테른이 허공에서 손을 쑥 집어넣더니 지붕만 올라가 있는 사방이 뻥 뚫린 오두막을 꺼내 펜션 바로 옆에 내려놓았다. 테른이 몇 번 손질하자 오두막은 금방 완성되어 버렸다.

"도대체… 현중 씨와 테른 씨는… 누구예요?"

말하면 그냥 허공에서 꺼내서 대령하는 테른이나 그런 모습이 당연하다는 듯 필요한 것을 말하는 현중이나 마리아가 보기에는 둘 다 이상한 사람들이었다.

물론 이제 자신의 남편인 현중은 아니라고 다시 정정했지만 말이다.

"그거 알아요?"

"……?"

갑자기 현중이 바라보던 바다를 정면으로 막아서면서 마리아가 얼굴을 들이밀었다.

"전 세계 기자들이 우리를 찾아다니고 있다는 거요."

"알아요."

현중도 이미 대충 테른에게 들어서 알고 있었다.

특히나 미국이 너무 과하다 싶을 정도로 적극적으로 움직이고 있다는 것까지 말이다.

"신혼여행 끝나면 아마 현중 씨는 저보다 더 유명한 사람이 되어 있을지도 모르겠네요."

"글쎄요."

현중은 마리아의 말에 회의적으로 대답하더니,

"마야."

"네?"

"전 이곳에서 웬만하면 나갈 생각이 없는데, 어쩌죠?"

"네? 그게 무슨 말이에요?"

마리아는 신혼여행으로 이곳에 온 것으로만 생각하고 있었기에 2주 정도 계획을 잡은 신혼여행이 끝나면 다시 영국으로 돌아갈 것으로 생각했다.

그런데 현중이 나갈 생각이 없다고 하자 놀란 것이다.

"이곳이 이제 제 집이니까요."

"여기… 가요?"

마리아는 현중의 대답에 주변을 둘러보다가 그제야 어째서 이렇게 무인도에 철저하다 싶을 만큼 자립적으로 생활할 수 있는 모든 여건을 갖춰놨는지 이해가 되기 시작했다.

하지만 현중이야 상관없을지 몰라도 마리아 본인은 조금 문제가 되는 상황이었다.

"저도 그럼… 여기서 지내요?"

"부부가 신혼여행 기간이 끝나면 따로 떨어져서 지낼까요?"

현중이 웃으면서 말하자 마리아는 힘차게 고개를 저으면서,

"절대로 안 돼요! 다시는 떨어지지 않을 거예요! 그래서 결혼한 거니까요!"

"그럼 같이 지내면 되죠. 부족할 거 없고 아쉬울 거 없으니

까요."

"전… 영국의 귀족이에요. MI—6도 돌봐야 해요. 탬플재단
도 관리해야 하구요."

대동그룹을 통째로 넘기다시피 해서 말 그대로 이제부터
맘껏 놀아도 되는 현중과 달리 마리아는 결혼을 하나 혼자 있
을 때나 해야 할 일이 많았다.

다른 것은 어떻게 대충 무시한다고 해도 MI—6와 탬플재
단만큼은 마리아가 직접 관리해야 했다.

물론 이곳에 있는다고 관리를 못하는 것은 아니었다.

하지만 몸은 지도상에도 없는 아주 외딴 무인도에 있고 해
야 할 일은 영국에 있다면 곤란했다.

그렇다고 겨우 안정을 찾은 현중을 억지로 영국으로 데리
고 갈 수도 없었다.

마리아는 자신이 생각해도 지금 이곳에 현중이 있는 게 가
장 안전하다고 생각하고 있으니 말이다.

이미 이 섬은 테른의 마법으로 위성은 물론이고 그 어떤 것
으로도 찾지 못할 만큼 완벽하게 보호되고 있었고, 섬 전체에
하나의 결계가 쳐져서 태풍이 들이닥쳐도 끄떡없는 상태였
다.

이미 이곳에 온 첫날 마리아는 태풍의 비바람과 섬을 집어
삼킬 만큼 높은 파도를 멍하니 서서 구경하는 진기한 경험을

하고 난 뒤라서 현중이 이곳을 떠나지 않겠다는 말에 자신도
찬성을 하는 편이다.

"그럼 출퇴근하면 되죠."

"출퇴… 근이요?"

현중의 말이 끝나자 테른이 다가오더니 품에서 무언가를
꺼내 현중에게 넘겨주었다.

"그건 뭐예요?"

작고 네모난 것이 일반적으로 반지 같은 것을 보관할 때 많
이 쓰는 케이스를 현중이 마리아에게 내밀었다.

"결혼반지 있죠? 그거 잠시만 줘볼래요?"

뜬금없이 결혼반지를 달라는 말에 마리아는 직접 반지를
빼내서 현중에게 넘겨주자 현중은 마리아게게서 넘겨받은 반
지와 방금 테른이 건넨 케이스에서 또 다른 반지를 꺼내더니,

딸각!

반지 두 개를 하나로 합쳐 버렸다.

"어떻게……?"

마치 처음부터 두 개의 반지가 하나였다는 듯 꼭 맞아떨어
지게 합쳐진 반지를 현중에게서 넘겨받은 마리아는 유심히
반지를 살펴봤지만 어디를 어떻게 합쳤는지 알 수 없을 만큼
흔적을 찾을 수가 없었다.

"이게 뭐예요?"

마리아도 반지가 합쳐진다는 것은 처음이라 물어보자,

"본래 하나였던 것을 둘로 나눈 거예요."

"반지를… 나눠요? 어째서요?"

굳이 반지를 둘로 나눴다는 말에 마리아가 물어보자 현중 대신 테른이 다가와 말했다.

—그 반지는 한 가지 마법이 걸려 있습니다.

"마법이요?"

마법이라는 말에 이미 어느 정도 겪어서 알고 있는 마리아 는 무슨 마법인지 내심 기대하는 눈치였다.

—거리에 상관없이 포인트로 기록된 곳으로 돌아오는 마 법이 걸려 있습니다. 횟수에 상관없이 언제든지 포인트로 돌 아올 수 있는 텔레포트 귀환 마법입니다.

텔레포트 귀환 마법이라는 것이 특별하게 대단한 마법은 아니었다.

하지만 중요한 것이 있었는데, 거리에 상관이 없다는 것이 다.

이곳에서 마리아가 벗어났다고 해도 지구 어디에 있든지 원하는 순간 돌아오는 것이다. 굳이 주문도 필요 없었다. 자 신의 마음이 돌아가고 싶다고 원하면 되는 것이다.

캐스팅조차 필요 없는 동기화 마법이 걸려 있기에 지금 마 리아가 손에 들고 있는 마법의 반지는 그 값어치가 이미 무엇

과도 비교할 수 없을 만큼 대단한 것이다.

　그런데 그렇게 대단한 반지를 넘겨준 현중은 웃으면서,

　"출퇴근용이에요."

　"네에? 후후후훗, 후후후훗, 진짜 못 말리겠네요."

　전 세계 어디에 있든지 포인트로 정해놓은 곳에 돌아올 수 있는 대단한 마법이 걸린 반지를 주면서 하는 말이 출퇴근용이라니 기가 막힌 마리아였지만, 한편으로는 현중이기에 이렇게 아무렇지 않게 이런 것을 사용한다는 것에 웃을 수밖에 없었다.

　출근은 이미 만들어 놓은 마법진으로 하기 때문에 돌아오는 용도로만 반지를 준 것이다.

　"그리고 그 반지는 소유주가 원하지 않는다면 절대로 빠지지 않아요."

　"도둑맞을 일은 없겠네요."

　천하에 마스터에게서 반지를 도둑질할 간 큰 녀석도 없겠지만 억지로 뺏으려고 해도 빼앗지 못한다는 것이다.

　그렇게 웃으면서 마리아와 현중은 특이할 것 없이 낮에는 해변도 보고 바다에서 놀기도 하고, 좁은 무인도이지만 둘이 함께 있다는 것에 마냥 행복한 시간을 보내고 있었다.

　그러다 이곳에 누군가가 찾아왔다.

　"제가 방해가 된 건가요?"

바다 속에서 불쑥 솟아나더니 환하게 웃는 얼굴로 현중과 마리아를 향해 다가오는 눈부신 미모의 여인이었다.

"메로우, 오랜만이죠?"

현중은 친한 친구를 만난 듯 웃으면서 메로우에게 인사를 했고, 마리아도 다가가 안아주면서 메로우를 반겼다.

물론 메로우도 현중이 평범한 인간이 되었다는 것에 많이 놀랐지만 대충 짐작 가는 바가 있는지 금방 받아들이는 듯했다.

원래 행복한 시간은 화살같이 빠르게 흘러간다고 했던가? 신혼여행으로 잡은 2주간의 시간은 순식간에 지나가 버렸다.

"그럼 저녁에 봐요."

마리아는 깔끔한 옷으로 차려입고는 테른이 만들어놓은 순간이동 마법진 위에 서서 배웅하는 현중에게 손을 흔들고 있었다.

"아참, 뭐 필요한 거 있어요?"

"음……."

생각하던 현중이 테른을 한번 바라보자,

─굳이 필요한 것은 없습니다.

"그렇다는군요."

현중이 어깨를 으쓱하면서 말하자 마리아는 괜히 심통이

난 듯 순간이동 마법진을 벗어나 현중의 곁으로 오더니 부드럽게 끌어안으면서 귓가에 속삭이듯 말했다.

"당신이 먹고 싶은 걸 말해요. 전 당신의 아내예요. 남편한테 맛있는 걸 사다주고 싶은 건 당연한 거예요."

그제야 현중은 마리아의 속뜻을 알아차리고는 뒤늦게 웃으면서,

"커피… 정도?"

"커피요?"

뭔가 대단한 것을 말하기를 기대했던 마리아는 허탈한 표정이었다.

하지만 현중은 그런 마리아를 보면서 웃더니 조금 전 마리아가 했던 것과 같이 귓가에 대고 속삭이듯 말했다.

"레이스가 만들어주는 커피가 먹고 싶네요."

"……."

현중의 말에 마리아는 잠시 생각하는 듯하더니,

"정말… 결혼하고 나서도 제멋대로군요. 신혼부부가 사는 집에 다른 여자를 대놓고 데려오라고 하다니, 나 참."

레이스를 마치 연적이나 되는 것처럼 농담 삼아 말하는 마리아였지만 현중도 그런 것을 알고 있는 듯 되받아쳤다.

"미래의 라이벌을 곁에 두는 것도 좋지 않을까요?"

"말이나 못하면……."

결국 마리아는 레이스를 데려오기로 했다.

현재 레이스는 탬플재단의 보호를 받고 있는 중이었다.

하지만 미래를 보는 능력이란 게 역시나 위험하기에 확실한 안전 가옥이 필요한 상황이었다.

신혼여행 중이야 어쩔 수 없지만 이제 결혼식도 끝났고 신혼여행도 끝났으니 최소한 자신의 곁에 있었던 사람은 보호해 줘야 한다고 생각한 현중은 우선적으로 레이스를 생각한 것이다.

레이스야 마리아에게도 크게 거부감이 없는 아이였기에 순순히 받아들이는 듯했다.

어려서부터 봤던 레이스이니 마리아도 현중의 생각에 동의한 것이다.

그런데 웃으면서 출근했던 마리아가 두 시간도 채 되지 않았는데 갑자기 귀환하더니 급하게 현중을 찾기 시작했다.

"현중 씨!!"

벌컥!!

마침 샌드위치를 만들어 먹을까 하는 생각에 주방에서 야채를 다듬고 있던 현중은 식칼을 든 채 놀란 얼굴로 들어온 마리아를 마주 봤다.

"무슨 일 있나요?"

"레이스가… 납치됐어요!"

"……!!"

전혀 예상치 못한 소식을 들은 현중은 손에 들고 있던 식칼을 조용히 내려놓고는 옆에 있던 수건으로 손을 닦더니,

"테른!"

—네, 마스터.

"레이스가 사라졌다. 알아봐."

—네!

현중의 말에 짧게 대답한 테른이 사라지자 현중의 눈에 안절부절못하고 있는 마리아의 모습이 보였다.

아마 자신이 곁을 떠났기 때문에 레이스가 납치됐을 것이라고 생각하고 있는 듯했다.

"마야."

현중은 다가가 살포시 안아주면서 등을 다독여 주었다.

토닥토닥.

"괜찮아요. 테른이 움직인 이상 그 누구도 벗어날 수 없으니까요."

"하지만 레이스는 스스로 나간 적은 있어도 납치된 적은 없어요. 미래를 보는 아이인데."

지금까지 레이스가 납치된 적은 없었다.

그도 그럴 것이, 미래를 보는 능력을 가지고 있는 레이스는 자신의 위험이 닥칠 것 같으면 이미 알고서 피해 버리는 게

기본이었고, 어떨 때는 상대를 가지고 논 적도 많았다.

그만큼 미래를 읽는 능력은 독보적이었다.

아무리 능력이 출중하고 은밀하게 움직여도 미래를 보고 움직이는 레이스의 눈길을 벗어날 수는 없었으니 말이다.

오히려 그래서 마리아는 MI—6에 레이스를 보호하면서도 크게 걱정하진 않았던 것이다.

하지만 방금 레이스가 없어졌다는 것을 알게 되었다.

레이스를 보호하기 위해 항상 곁에 있던 요원 다섯 명이 죽은 채로 발견되었고, 레이스의 흔적은 그 어디에서도 찾을 수가 없었다.

상황이 이러하자 우선 마리아는 무작정 다시 무인도로 돌아와 현중을 찾은 것이다.

상대는 MI—6 내부를 들어와서 대놓고 레이스를 데려간 녀석이다.

MI—6 내에서 해결하기에는 이미 한발 늦어버린 것이다.

그리고 무엇보다 마리아를 이렇게 안절부절못하게 하는 것은 바로 레이스가 아무런 방비도 못하고 사라졌다는 것에 있었다.

"걱정 마요. 정 안 되면 지구를 뒤집어서라도 찾을 테니까."

최대한 테른이 돌아오기 전까지 당황해 있는 마리아를 안

정시키고 있는 현중에게 기다리는 1초가 마치 한 시간 같았다.

스윽~

현중은 자신의 그림자가 흔들리는 것을 느꼈는지 다독이던 손길을 놓고 뒤돌아서자 다시 나타난 테른의 옆에 레이스가 서 있다.

"어디 있었던 거니?!"

레이스를 보자 마리아는 그대로 달려들어 레이스를 안고서 한참을 울었다.

반면 자신을 끌어안고 울고 있는 마리아를 보면서 레이스는 난감한 표정을 짓고 있었는데,

"어째 나보다 더 많이 울어, 마야는? 유부녀는 안 운다고 하던데."

납치됐던 본인은 멀쩡하니 아무런 상관이 없는 표정인데 기다리던 마리아가 오히려 울고 불고 난리치고 있는 것이다.

"어떻게 된 거지?"

현중은 테른이 데리고 오자 잘했다는 칭찬과 함께 물었다.

―미국 CIA입니다.

"CIA? 그 녀석들이 영국 정보부를 맘대로 드나들 정도였나 보지?"

―자세한 건 저도 확인하지 않았습니다만 작정하고 침투

한 듯합니다.

"하긴… 작정한 상대를 무슨 수로……."

잠깐의 방심도 할 수 없을 정도다.

CIA에서는 지금까지 계속 기다린 것이다. MI—6에서 마리아가 잠시라도 떠나 있을 때를 말이다.

갑작스럽게 마리아가 결혼을 발표하면서 신혼여행을 떠나자 CIA에서는 오히려 이때를 절호의 기회로 삼아서 즉시 침투해서 레이스는 납치한 것이다.

이미 테른은 레이스의 마나의 파동을 기억하고 있기에 찾는 데는 그리 오래 걸리지 않았다.

대신 CIA 요원의 입을 여는 데 잠깐 시간이 걸렸을 뿐이다.

—그보다 마스터.

테른은 현중의 곁으로 다가오더니 귓가에 작게 속삭였다.

—레이스 양의… 능력이 사라진 것 같습니다.

"응? 그게 무슨 말이야?"

—미래를 보는 능력이 사라진 듯합니다.

뜬금없이 레이스의 능력이 사라졌다는 말에 현중은 영문을 몰라 하다가 문득 카일라제가 떠올랐다.

'어쩌면… 그 때문인가?'

자신의 품에서 카일라제가 죽어서 부서져 내려 마추픽추의 땅에 잠들었을 때 레이스의 쌍둥이었던 소녀도 죽은 것이다.

그리고 아이러니하게도 카일라제가 죽고 나서 레이스의 미래를 보는 능력이 갑자기 사라진 것이다.

"그래서 납치된 거군."

레이스에게서 미래를 보는 능력을 빼면 오히려 일반 어린애보다 사고력이 살짝 떨어지는 편이다.

특이하게 자라온 환경 때문인지 사회성도 많이 부족한 레이스는 현중처럼 능력이 사라져 평범한 소녀가 되어버린 것이다.

"현중."

마리아의 울고불고하는 품에서 겨우 벗어난 레이스가 현중에게 다가오더니,

"결혼하니까 좋아?"

대뜸 예상치 못했던 질문을 했다.

"뭐… 그렇지."

납치당했다가 돌아온 아이가 물어볼 말은 절대로 아니었다.

하지만 레이스가 어디 보통 아이던가. 일반적인 사고방식으로는 판단하는 것 자체가 좀 문제가 되는 레이스였다.

"음, 결혼하면 좋구나."

현중의 말을 곧이곧대로 받아들인 레이스는 슬그머니 현

중의 곁으로 가더니 현중의 왼손을 유심히 바라봤다.

"이게 결혼반지야?"

"응? 아, 그래."

"음, 이게 결혼반지구나."

뭔가 반복적으로 계속 물어보는 모습에 현중이 살짝 이상함을 느낄 무렵 슬그머니 레이스는 현중의 새끼손가락을 작은 손으로 움켜잡았다.

"나도 결혼할래."

"……"

이미 레이스가 엉뚱한 사고를 가진 아이라는 것을 현중은 알고 있기에 놀라기보다는 물어봤다.

"왜 결혼을 하고 싶은데?"

"현중이 그랬잖아. 결혼하면 좋다며."

"뭐, 물론 그렇긴 하다만은… 누구랑 하려고 그러니?"

현중은 당황하지 않고 부드럽게 물어봤다.

그때 레이스는 현중을 물끄러미 바라보더니,

"쳇."

뭔가 아쉬운 듯 혀를 차고는 마리아를 다시 바라봤다.

"아까워."

"……?"

마리아는 조금 전까지 울던 눈물을 겨우 닦아내고 다가왔기에 현중과 레이스가 나눈 대화를 듣지 못했다.

하지만 현중은 레이스의 말을 듣고는 왠지 등에 식은땀이 흐르는 느낌을 받았다.

"현중은 아니야. 안타깝지만."

뭐가 안타까운지 모르겠지만 아무튼 레이스가 알아서 포기해 주니 현중으로서는 고마울 따름이었다.

그런데 그런 레이스가 현중의 곁에서 벗어나더니 슬그머니 테른의 곁으로 다가가는 게 아닌가?

"테른."

테른에게도 반말하는 레이스였다.

아마 레이스는 테른과 직접 대화를 나눈 적은 거의 없을 것이다.

아르카임 스톤헨지에서도 거의 테른은 모습을 보이지 않았으니 말이다.

그런데 그런 테른의 곁으로 다가간 레이스는 손을 뻗더니 테른의 왼손 약지를 움켜잡더니,

"테른은 결혼했어?"

─아닙니다, 레이디 레이스.

테른은 친절하게 레이스의 질문에 대답했다 그러자 레이스는 의미 모를 미소를 짓더니,

"테른은 몇 살이야?"

—음, 세어보지 않아 잘 모르겠습니다.

투쟁의 삶을 사는 마족에게 나이란 성년이 되는 순간 잊어버리는 사소한 것에 불과했다.

소멸하는 순간까지 젊음을 유지하는 테른에게 인간과 달리 나이란 숫자 이상의 의미가 없었다.

"······."

심각하게 뭔가 고민하는 레이스의 표정에 현중은 불길한 느낌을 받았고, 마리아도 테른과 레이스의 대화에서 뭔가 이상하다는 것을 뒤늦게 느끼고 있었다.

하지만 그러거나 말거나 갑자기 레이스가 오른손을 들어 손가락을 다 펴서 테른의 앞에 내밀더니,

"5년만 기다려."

—네?

"5년만 기다리면 내가 테른 신부 되어줄게."

—······.

레이스의 말에 테른은 난감한 표정으로 현중을 바라봤고, 현중도 설마 레이스가 테른을 노릴 줄은 몰랐는지 당황했다.

"레이스, 그러는 거 아니야."

뒤늦게 레이스의 말을 듣고 심각성을 깨달은 마리아가 테른의 곁에서 레이스를 떼어내려고 했다. 하지만 레이스가 누구인가.

원래 황소고집에 베이스퍼만 따라다니면서 세상을 살아서 그런지 자기가 마음먹은 순간 그 누가 말려도 소용없었다.

거기다 레이스는 테른의 약지에 접착제를 발랐는지 아무리 힘을 줘서 당겨도 떨어지질 않았다.

—마스터, 어린애의 치기일까요?

테른에게 레이스는 정말 새파랗게 어린 인간에 불과했다.

물론 현중과 관련이 있고 현중의 관심을 받고 있으니 테른에게는 무시할 수 없는 인간이긴 했다.

하지만 돌연 5년만 기다리라고 선전포고까지 하니 난감할 수밖에 없었다.

그런데 난감해하는 테른을 보면서 현중은 오히려 뭔가 의심스런 표정을 짓더니,

"너 정말 레이스한테… 추파를 던진 건 아니지?"

—마스터!

현중은 자신의 말에 대번에 표정이 굳어버리는 테른을 보고는 곧 의심을 풀었다.

"아니야. 미안하다."

—두 번은 저도 싫습니다, 마스터.

생각조차 하기 싫은 것이다. 새파랗게 어린 인간에게 자신이 추파를 던지다니 가당키나 한 일인가?

하지만 그러거나 말거나 레이스는 작은 몸의 어디서 그런

힘이 나오는지 테른의 왼손 약지를 붙잡고 떨어질 줄을 몰랐다.

나중엔 레이스의 고집에 마리아가 포기하기에 이르렀다.

"테른, 나랑 결혼하자! 나 5년만 기다리면 스무 살이고, 그럼 내 맘대로 결혼해도 된다고 할아버지가 그랬어!"

"골치 아프군."

막무가내로 소리치면서 고집을 피우는 레이스의 모습에 정말 집안 교육이 얼마나 중요한지 새삼 피부로 느끼는 현중이었다.

한편 그러면서 속으로는,

'절대로 난… 자식 낳으면 집안 교육 똑바로 시켜야겠다. 무조건!'

레이스 때문에 앞으로 현중과 마리아 사이에서 태어난 미래의 아이는 엄한 가정교육을 낙찰 받는 비운의 운명을 선고받았다.

아무튼 뜻하지 않게 신혼생활이 2주 만에 박살이 난 현중은 그 후로 펜션에서 테른을 찾아온, 섬을 뒤지고 다니는 레이스 때문에 한참을 골머리 썩혀야 했다.

"난 정말 여유 있으면서도 편안하게 살고 싶었는데 말이야."

어쩌다 어린애 뒤치다꺼리를 해야 하는지 자신의 모습에

한숨을 내쉴 무렵,

[현중 아이야.]

"치우님?"

또 다른 방문객이 현중을 찾아왔다.

"어쩐 일이십니까?"

[현중 아이야, 치우천황무를 처음부터 다시 배우지 않으려?]

오싹!!

치우천왕의 말을 듣자마자 현중의 몸에 전율과 함께 소름이 순식간에 휩쓸고 지나갔다.

그리고 1초의 망설임도 없이,

"싫습니다."

[이런, 너 외에는 배울 만한 인간이 없구나. 이러다간 맥이 끊길 텐데.]

결혼하고 나름대로 알콩달콩 살고 있는 자신에게 갑자기 찾아와서는 그 지옥 같던 치우천황무를 처음부터 다시 배우라니, 어림도 없는 소리였다.

"전 이제 평범하게 살다 죽으려고 합니다."

[평범하게 말이냐?]

"네, 치우님."

오히려 큰 소리로 자신의 결심을 대변하듯 말했지만 치우

천왕은 웃으면서,

　[그분의 존재를 느꼈고 신을 죽인 인간인 네가 과연 평범하게 살 수 있을 거라 생각했느냐?]

　뭔가 의미심장한 소리를 하는 모습에 현중은 자신도 모르게 침을 꿀꺽 삼켰다.

　[이미 차원계에 소문이 났더구나. 죽고 싶은 차원자나 신은 지구에 있는 김현중을 찾아가면 그분의 허락하에 영원한 안식을 얻을 수 있다고 말이다.]

　갑자기 날벼락 같은 말에 현중이 화들짝 놀라면서,

　"그게 무슨 말입니까?!"

　자다가 날벼락도 이런 날벼락이 없었다.

　[거기다 이미 달에 앉아서 내 대답을 기다리는 차원자가 한 명 있느니라.]

　"……."

　현중은 치우천왕의 말에 슬그머니 뒷걸음질 치면서,

　"그냥 오래~ 오래~ 사시면 안 되나요?"

　현중의 표정에서부터 이미 극도로 싫다는 뜻을 알아챈 치우천왕이었지만 이건 자신도 어떻게 할 수 없는 일이었다.

　[나도 그렇게 말했다만 알다시피 차원자와 신은 동급의 레벨을 가진 존재로 자살이 허락되지 않는구나. 그리고 그분의 허락이 없으면 영원한 안식도 없고 말이다. 그런데…….]

말을 조용히 하던 치우천왕이 현중을 물끄러미 바라보자 현중은 순간 지금 이곳에서 도망쳐야 한다고 생각했다.

물론 도망친다는 것 자체가 불가능하겠지만 말이다.

[그분의 허락을 받은 존재가 아니고는 죽더라도 영원한 안식을 얻을 수 없구나. 그런데 때마침 카일라제의 소식이 들리자 다들 몰려온 거지.]

"아!! 진짜!! 신이나 되면서 왜 못 죽어서 안달인 거예요!! 누구는 신이 되고 싶어서 난리치는데!!"

정말 미치고 짜증이 나는 상황이었지만 어쩔 수 없었다.

씨익~

치우천왕은 현중이 자주 짓던 미소를 보여주면서,

['신을 죽인 자'라는 칭호를 부여받은 인간은 과거에도 현재에도 현중 아이 너뿐이란다.]

"쓰읍, 진짜… 정말……."

지금 상황에 현중은 그동안 미안하면서도 내심 동질감을 느꼈던 카일라제에 대한 감정이 모조리 사라져 버렸다.

아마 한동안 죽고 싶어 안달 난 차원자나 신의 방문을 제법 받아야 할 것으로 예상한 현중은 양팔을 늘어뜨리면서 한숨만 쉬었다.

"결혼한 지 아직 1년도 안 됐단 말입니다! 전 신혼이에요, 신혼!!"

그리고 결국 울부짖었다.

*　　　*　　　*

"응?"

조용히 가부좌를 틀고 앉아 있던 백호연은 무언가 이상한 느낌에 눈을 뜨고 정면을 바라봤다.

백호연이 있는 곳은 중국에서도 너무나 유명한 화산이었다.

화산이라 하면 무협에 자주 등장하지만 실제로 중국인들이 죽기 전에 꼭 한 번은 가봐야 할 곳이라고 꼽는 장소 중 단연 으뜸인 곳이다.

화산이 관광지로 유명하지만 실제 개발된 곳은 아직 일부분에 불과하다.

사람의 손이 닿지 않은 곳이 많았고 현재 백호연이 있는 곳은 그중에 한곳으로 그도 우연히 수련 차 왔다가 마음에 들어 가끔 찾아오는 장소였다.

"자네도 느꼈는가?"

백호연 옆에서 똑같이 가부좌를 틀고 앉아 있던 이가 슬쩍 물어왔다. 백호연과 달리 금발에 푸른 눈을 가진 그는 바로 베이스퍼였다. 백호연이 고개를 끄덕였다.

"현중 군이겠군."

"저도 그렇게 생각합니다, 어르신."

현재 베이스퍼는 아직도 미국의 CIA에 쫓기는 몸이었다.

다만 워낙에 베이스퍼의 무위가 높았고, 그 존재 자체가 걸어다니는 핵탄두라는 말이 있을 만큼 대단하기에 백호연이 중국 정부에 슬쩍 말을 흘려 수련을 핑계로 중국에 머무는 것을 비공식적으로 허락받은 상태였다.

중국 정부도 굳이 없어서 아쉬운 마이스터인 베이스퍼가 중국에 머물러 준다는데 싫어할 이유가 없기도 했다. 다만 언제 떠날지 모르는 사람이기에 약간의 빚을 지워두면 나중에 분명히 도움이 될 것이 분명하리라 여겨, 비공식이지만 모른 체하는 것이다.

그렇게 화산에서 수련을 핑계로 시간을 때우던 베이스퍼와 백호연은 돌연 자신들의 감각에 이상한 것이 걸려 이렇게 눈을 뜬 것이다.

"평범한 사람이 되었다고 하더니… 아닌 건가?"

베이스퍼는 마리아에게서 결혼식 때 현중이 이제 보통 사람이 되었기에 너무 행복하다는 말을 들은 적이 있었다. 뭐랄까, 평범한 신혼에 대한 단꿈에 젖어 있는 신부의 모습이 분명했다.

그런데 지금 이들의 감각에 걸린 이상한 느낌은 분명히 현중이었다.

그동안 같이 움직이면서 가까이에서 느꼈으니 잘못 느낄 수도 없었다.

부스럭~

잠시 생각에 잠겨 있던 베이스퍼가 슬그머니 자리에서 일어서자 백호연이 물었다.

"어르신?"

"난 현중 군에게 한번 가볼 생각인데… 자네도 같이 가겠는가?"

베이스퍼의 말에 백호연은 잠시 망설이는 듯했지만,

씨익~

입가에 미소를 지으면서 미련없이 자리를 털고 일어났다.

"당연히 가야죠. 깨가 쏟아지는 신혼집 쳐들어가는 것만큼 재미있는 게 없으니까요."

마치 신혼여행 가는 부부를 몰래 뒤쫓아가서 장난치려는 친구와 같은 표정을 짓는 백호연의 모습에 베이스퍼는 같이 웃었다.

"그러다 신부한테 칼침 맞는 수가 있네."

"크크큭, 어르신도 아실 겁니다. 그동안 제가 약간에 진전이 있었다는 것을요. 최소한 지진 않을 겁니다."

본래 권갑과 견갑을 무기로 사용하는 백호연과 롱소드를

무기로 사용하는 마리아와의 싸움은 절대적으로 백호연이 불리했다.

그건 바로 팔과 칼의 차이가 불러오는 길이 때문이었다.

일반적인 무도인이라면 스피드와 어느 정도 요령으로 그 차이를 극복할 수 있을지 모르지만 마스터에 오르면 육체적인 능력은 이미 논외의 문제로 치부되는 것이다.

거기다 백호연이 마스터에 오르기 전부터 마리아는 마스터였다.

그 말은 마나를 사용한 몸놀림이 당연히 백호연보다 앞설 수밖에 없는 것이다.

마스터들끼리 실력의 차이는 정말 종이 한 장 차이라고 할 수 있을 만큼 백중지세였지만 아무래도 마스터에 오래 머른 만큼 노련함에서는 아직 백호연이 따라가기에는 그동안 약간 아래였기도 했다.

그런데 이번 수련에서 그 차이를 어느 정도 메웠다고 자신 있게 말하는 모습에 베이스퍼는 웃으면서,

"물론 자네에게 진전이 있다는 건 나도 알고 있네. 하지만 잘 생각하게, 마야의 남편이 누군지를 말야. 그리고 그 남편의 곁에 있는 그 테른이라는 존재……."

사실 마스터들이 현중이 보통의 사람으로 변했다고 해서 현중을 우습게 보거나 깔보는 경우는 없었다.

그만큼 그들이 현중에게 받은 게 많았으니 말이다.

하지만 은연중에 힘을 잃어버린 현중이 밀리는 것은 사실이었다.

그런데 그런 그들도 가끔씩이지만 현중의 명령을 따라 움직이던 테른의 존재가 이제야 눈에 들어온 것이다.

그동안 현중의 능력과 힘 앞에서 테른은 그저 수하에 불과한 녀석으로 보였지만 현중이 힘을 잃어버리고 나자 비로소 테른의 엄청난 능력이 눈에 들어온 것이다.

현중만 괴물이 아니었다.

괴물의 부하 또한 괴물이었으니 말이다.

영국 여왕이 현중이 힘을 다 잃어버렸다고 했을 때 서운함을 표시했지만 테른이 잠깐 나서자 오히려 여왕은 그전보다 현중을 더욱 극진하게 대했다는 말이 그냥 나왔을 리는 없으니 말이다.

"아, 그리고 현중이 마야에게 결혼선물로 그걸 줬다는군."

"…그거라니요?"

백호연은 베이스퍼의 말에 잠시 고개를 갸웃거리자,

"그, 있지 않나, 필리핀에선가? 거대한 마수를 처리할 때 썼던 검."

"아~! 그 맘대로 합쳐지고 모양도 변하고 하던 그 검 말입니까?"

검을 쓰지 않던 백호연조차 그때 현중이 꺼냈던 검은 정말 탐이 나는 무기였다.

물론 현중의 엄청난 무위에 곧 잊어버리긴 했지만 말이다.

"그 검을 마리아에게 결혼선물로 줬다는군."

"쓰으… 읍……."

그냥 봐도 무기 자체가 보통이 넘는 무기였다.

검을 쓰는 기사에게 좋은 무기는 곧, 실력의 향상을 의미한다.

당연히 마스터에게도 좋은 무기는 그만큼 능력이 올라간다는 말일 것이다.

그런데 그런 미치도록 탐나는 무기를 결혼선물로 줬다는 것을 전해들은 백호연은 표정이 좋지 못했다.

그만큼 또 마리아와 자신의 실력 차이가 벌어질 테니 말이다.

애초에 권법을 사용하는 백호연과 검을 사용하는 기사인 마리아의 대결 자체가 한쪽이 불리한 것은 사실이었다.

그런데 거의 전설의 무기에 준하는 것을 가지고 있다면 안 봐도 뻔했다.

"그냥 놀러가는 거니 알아나 두라는 말일세."

베이스퍼는 슬쩍 아무렇지 않게 말했지만 백호연도 그 정도 눈치는 있었다.

혹시라도 현중에게 실수하지 말라는 것이다.

평범한 사람이 되어버린 현중을 알고 있기에 은연중에 자신도 모르게 실수할 수 있고, 마리아의 성격상 그걸 그냥 두고 보지 않을 것이니 말이다.

사실 현중이 평범하게 되었다고 해도 현중의 주변은 아직도 한 국가와 맞먹는 능력을 가진 테른이 있었다. 그 자체로도 아직 그는 괴물이었다.

탁!

타타탁!

깎아지르는 듯한 화산의 산봉우리도 마스터 백호연과 마이스터 베이스퍼에게는 그냥 징검다리에 불과했다.

혹시라도 멀리서 봤다면 화산에서 도를 닦던 도인이 도술을 펼쳤다고 소문이 날 만큼 그들의 움직임은 빠르면서도 날렵했으니 말이다.

그런데 현중을 찾기 위해 우선 영국으로 가려던 백호연과 베이스퍼는 공항에서 의외의 인물을 만났다.

"알렉산드로? 자네가 이곳에 어쩐 일인가?"

러시아의 구국영웅이자, 러시아 최초의 국가 공인마스터로 인정받은 알렉산드로가 중국 공항에서 백호연과 베이스퍼와 딱 마주친 것이다.

"역시나. 두 분을 기다렸습니다."

알렉산드로는 오히려 왜 이제 왔느냐는 식으로 살짝 투정까지 부리는 게 아닌가?

"우리를? 왜?"

"그게 그걸 느꼈거든요."

"자네도?"

베이스퍼는 자신들뿐만이 아니라 알렉산드로도 그 이상한 느낌을 느꼈다는 말에 제법 놀라워했다.

알렉산드로는 마스터에 오르긴 했지만 특이하게도 군용 대검과 권총을 사용하는 편이었다.

거기다 마스터에 오른 지 얼마 되지 않았기에 자신들이 느낀 현중의 느낌을 느꼈을 것이라고 생각지 못한 것이다.

"뭐, 이유야 어찌 되었든 저도 현중에게 갚지 못할 은혜를 받은 몸이지 않습니까?"

"그야 그렇지."

베이스퍼도 알렉산드로가 마스터가 되는 데 결정적인 역할을 한 게 현중이란 것을 대충 알기에 그러려니 했다.

그때 백호연이 불쑥 끼어들더니,

"그럼 그 카이쇼 그놈은? 안 왔나 보네요?"

"아. 일본의 마스터는 지금 바로 영국으로 가는 중입니다."

알렉산드로는 이미 카이쇼와도 연락을 끝냈는지 간단하게

대답하자 모두가 고개를 갸웃거렸다.

　이상하리만큼 동시에 현중이라는 판단을 내리게 만든 느낌을 받은 것이다.

　"다들 어째서 현중 씨라는 판단을 내렸는지 이유는 모르시는 합니다만……?"

　알렉산드로가 슬쩍 말하자 베이스퍼와 백호연은 고개를 끄덕였다.

　"그럼 영국으로 가서 현중을 직접 만나면 해결되지 않겠습니까? 바로슈… 아니, 이제 결혼을 했으니… 뭐라고 불러야 되죠?"

　영국은 결혼을 하면 여자는 남편의 성을 따르는 편이었다.

　하지만 한국은 결혼을 해도 여자는 자기의 성을 그대로 가지고 있는 것이다.

　알렉산드로도 그걸 알기에 슬쩍 물어보자,

　"그렇군, 나도 그냥 지금까지 마야라는 애칭을 불렀으니. 현중 부인? 이건 좀 아닌가?"

　"애매하군요……."

　막상 마리아를 지칭하려고 하자 마땅한 호칭이 없었던 것이다.

　그렇다고 이제 20대 후반인 마리아를 누구 부인으로 하자니 왠지 늙어 보이는 것 같고 말이다.

"아무렴 어떤가? 그냥 나에게는 제자이자 우리에게는 동료이니 말일세."

"뭐, 그건 또 그렇군요."

결국 세 명의 마스터는 그냥 마리아를 마리아로 부르기로 했다.

지금 이들이 영국으로 가는 이유는 현중을 만나기 위해서다. 현중이 어디에 있는지 이 세상에서 유일하게 알고 있는 사람은 마리아뿐이고, 그렇기에 이들은 영국으로 가는 것이다.

현중의 아내인 마리아를 만나면 어쨌든 현중의 위치를 알수 있을 거라는 막연한 자신감이었다.

결혼 후 마리아는 전에 살던 런던 내 자택에서 지내지 않았다. 신혼답게 먼 곳으로 이사를 갔다. 그럼에도 꼬박꼬박 템플재단과 MI-6에 출근을 했다.

하지만 마리아의 집이 어딘지, 어떻게 사는지 아는 사람은 그 누구도 없었던 것이다.

영국에서조차 마리아를 보호한다는 목적으로 추적했지만 결국 실패했던 것이다.

"어르신!"

오랜만에 만난 마스터들은 시간 가는 줄 모르고 이야기를 나누었다. 그러다 백호연이 공항 시계를 보고 허겁지겁 외쳤고, 다들 기겁하여 달리기 시작했다.

물론 이들에게 비행기 표를 산다는 절차는 모조리 무시됐지만 그렇다고 비행기를 잡아둘 수는 없으니 말이다

*　　　　*　　　　*

서걱!

검고 커다란 날이 한 번 궤적을 그릴 때마다 어둠의 생명이라 불리는 마족의 목이 떨어져 나갔다.

보기에는 정말 무식하게 클 뿐이지만, 그 날의 움직임은 마치 하나의 선율을 그리는 듯한 아름다움을 보여주고 있었다.

[이런이런. 그냥 얌전히 잡혀주면 나도 편하고 너도 고통이 없고 얼마나 좋아?.]

금발의 남자는 자신보다 두 배는 커다란 낫을 들고 혀를 차면서 웃고 있었고, 그런 남자 앞에 머리가 잘린 마족이 부르르 떨면서도 살려고 발버둥치고 있었다.

휙~!

푸욱~!

기어서 도망가려는 마족의 몸을 커다란 낫으로 찍어버린 금발의 남자는 왼손을 뻗어 마족의 몸을 집어들었다.

부르르르~

[떨지 마. 크크큭. 그분의 곁으로 가는 것뿐이니까 말야.]

그리고는 집어든 마족의 몸을 허공으로 던지더니, 그때부터 진짜 사신의 춤이라고도 불릴 만큼 잔인하면서도 슬프도록 아름다운 춤이 시작되었다.

후두두둑.

얼마나 잘게 잘렸는지, 마족이었는지조차 알아보기 힘들 만큼 잘게 조각난 고깃덩이들을 바라보던 금발의 남자는 그대로 몸을 돌려 어둠 속으로 사라졌다.

슈슈슈슈슈욱…….

금발의 남자가 사라지자 곧 바닥에 떨어진, 마족이었던 고기조각은 검은 연기와 함께 어둠 속에 사라져 버렸다.

그리고 금발의 남자가 다시 모습을 드러낸 곳은 영국의 어느 이름 모를 지역에 있는 저택에 굴뚝 위였다.

[아… 마왕이었던 내가. 크크크크큭, 마족을 사냥하다니. 참 세상이란 재미있어.]

금발의 남자, 베리얼은 자신의 지금 생활과 삶에 크게 불만이 없었다.

거기다 데스 나이트, 달리 이르기를 저승사자로 불리는 것도 나름 괜찮게 생각하고 있는 중이었다.

다만 딱 한 가지 불만이라면, 무료하다고나 할까? 무언가 죽여도, 휘둘러도 메꿔지지 않는 이 갈증이 계속 머릿속에 맴

돌았다.

그리고 그럴 때면 언제나 떠오르는 한 명의 남자가 있었다.

[김현중… 네놈이 언제까지 평범하게 살 운명은 아니지. 크
크큭…….]

신을 죽인 자라는 칭호를 부여받은 유일한 인간인 현중. 그
만이 베리얼이 가진 이 갈증을 풀어줄 수 있는 유일한 존재이
리라.

[……!]

굴뚝위에서 언제나처럼 달을 보면서 멍하니 하늘을 바라
보던 베리얼의 눈동자가 갑자기 선명하게 맑아졌다.

그는 천천히 자리에서 일어나더니 자신의 커다란 낫을 한
번 크게 휘두르고 나서 품속에 갈무리하는데, 보이지 않는 주
머니라도 있는 듯 그 엄청난 낫이 거짓말처럼 품속으로 사라
져 버렸다.

그리고 다시 달을 바라보던 베리얼의 얼굴은 언제나 보던
멍한 듯 얼이 빠진 모습이 아니라 선명한 미소가 가득했다.

[크크크크큭. 그래, 넌 평범하게 죽을 운명이 아니야. 크크
큭, 김현중……!]

마스터들이 현중의 기척을 느꼈을 때 아이러니하게도 데
스 나이트로 다시 태어난 베리얼도 느낀 것이다.

다만 마스터들은 막연히 현중에게 가야 한다는 느낌을 받

앉을 뿐이지만 베리얼은 느낌만으로도 현중이 지금 어떤 상황인지 알고 있는 듯 달을 바라보던 입가에 미소만 가득했다.

[강해져라. 잃어버린 힘을 능가할 정도로 말야. 크크, 그래야 나의 무료함을 달래줄 테니 말이다.]

베리얼은 지금까지 막연히 하던 마족사냥이 달라졌다는 것을 느꼈다.

기다림, 무언가를 기다리면서 하는 사냥이 시작된 것이다.

자신이 그토록 바라던 것을 기다리는 사냥 말이다.

베리얼은 자신도 준비를 해야 한다고 생각했다. 상대는 신을 죽인 자라는 칭호를 가진 김현중이다. 얼마나 강해져서 돌아올지 아무도 모르기에 마왕이던 시절을 넘어서기 위한 준비를 시작한 것이다.

설사 자신이 현중의 손에 죽더라도 오히려 지금의 베리얼에게는 그게 하나의 행복이었고, 자신이 데스 나이트가 될 때 그분이 약속한 조건이기도 했으니 말이다.

[10년이고 100년이고 기다려 주마. 크크큭, 네놈은 절대자가 될 운명이니 말이다.]

*　　　*　　　*

이렇게 현중을 기다리고 찾아가려는 이들이 속속 모여들

기 시작한 이때, 막상 현중은 자신의 펜션에서 고민에 빠져 있었다.

"아… 그냥 평범하게 살도록 내버려 두면 안 되는 건가……."

도대체가 왜 죽고 싶어 안달난 신들이 그리 많은지 이해가 가지 않았다.

신이라면 당연히 불멸의 존재가 아니던가? 그런 신으로 다시 태어났다면 조용히 신으로서 살아가면 얼마나 좋은가? 그런데 그런 신이란 놈들이 죽여 달라고 찾아올 거라고는 현중도 전혀 예상하지 못한 상황인 것이다.

슈슈슈슈슈슈~

"응? 마야가 돌아온 건가?"

머리를 쥐어짜고 괴로워하고 있을 때 익숙한 소리가 들려왔다. 귀환 마법이 동작할 때 일부러 그러라고 설치해 놓은 소리였다.

현중은 마리아가 돌아오는 것이라 여겨 마중을 위해 펜션을 나섰다.

그런데 마리아가 퇴근한 것은 맞긴 했지만, 혼자가 아닌 것에 잠시 멀뚱하니 바라보고야 말았다.

"어쩐 일들이세요?"

전에 같이 싸웠던 국가 공인 마스터들이 모두 온 것이다.

"자네 집들이 안하는가?"

베이스퍼가 가장 먼저 앞으로 나서며 너스레를 떨었다. 현중은 곧 입가에 미소를 지으면서,

"부르지 않아도 이렇게 오셨으니 오늘 하죠."

"아무튼 성격은 여전하구만."

도대체가 당황하는 얼굴을 보기가 힘들었기에 베이스퍼가 한마디 했다.

다른 마스터들도 현중이 힘이 사라졌다고 해서 그 성격이 어디 가느냐고 그냥 그러려니 넘어갔지만 말이다.

이날 저녁은 처음으로 현중과 마리아의 신혼집에 사람이 가장 많이 찾아온 날이 되었다.

"그런데 어쩐 일들입니까?"

이들의 위치나 능력을 생각하면 이유없이 찾아오진 않았을 것이기에 현중이 식사를 마치고 차를 마시는 시간을 이용해서 슬쩍 물어보았다.

마스터들이 다들 서로 눈치를 보는 듯하더니, 베이스퍼가 입을 열었다.

"현중 군."

"네."

"혹시 무슨 일이 있지 않았나?"

뜨끔~!

베이스퍼의 말에 현중은 치우천왕을 만난 것을 이들이 어떻게 알았는지 순간 놀랐지만 곧 안정을 찾았다.

신과 같은 레벨을 가진 치우천왕과 현중의 만남을 마스터들이 안다는 것은 아무리 생각해도 좀 어폐가 있었기 때문이었다.

"없는데요?"

현중은 아직 그 누구에게도 말할 단계가 아니기에 모른 척하자 베이스퍼도 약간 곤란한 표정이었다.

"이상하군. 분명히 뭔가 느낌이 왔는데 말야……."

"나도……."

"나도 그랬는데."

마스터들이 하나같이 똑같은 말을 하자 현중도 고개를 갸웃거렸다.

"도대체 무슨 느낌을 느꼈다는 겁니까?"

"그냥 뭐랄까, 자네를 꼭 만나야 할 것 같은 느낌을 받았네."

"저를 만나요?"

현중은 베이스퍼의 막연한 말에 오히려 궁금증이 커져 버렸다.

이들이 왜 자신을 만난단 말인가? 치우천왕이 찾아온 거 빼고는 이렇다 할 특별한 일도 없었던 현중이었다. 그동안 소원이던, 하루 종일 바다를 보면서 시간 때우는 일도 마음껏 하고 있는 중이었으니 말이다.

"…저기."

다들 대화가 끊어져 버렸을 때 마리아가 슬쩍 일어서더니,

"어쩌다 보니… 이렇게 모인 것도 있고… 발표할 게 있는데요."

"……?"

느닷없는 마리아의 말에 모두의 시선이 집중되었다. 마리아는 입가에 살짝 미소를 띠면서 볼에 홍조가 생기더니 현중을 바라보았다.

"저……."

뭔가 말을 길게 늘리는 마리아의 모습에 더더욱 시선이 집중되었다.

"임신했어요."

"……."

"……."

한순간 이곳에 있는 모두가 동그란 눈으로 마리아를 바라보다가 일제히 현중에게 시선이 쏠렸다.

"…임신? 나… 나… 아빠가 되는 거야?"

끄덕.

마리아는 웃으면서 고개를 끄덕였고 현중은 지금 이 말이

꿈인지 생시인지 멍하니 주변을 바라보다가 자신도 모르게 입가에 미소가 번지는 것을 발견했다.

그때 백호연이 슬쩍 웃으면서 입을 열었다.

"결혼한 지 얼마 안 됐는데 임신이라……. 속도위반이 아니라면……."

찌릿!

찌릿!!!!

한순간 백호연에게 베이스퍼와 마리아, 그리고 현중의 무시무시한 살기가 집중되었다. 곧 백호연은 어색하게 웃으면서 말을 슬쩍 바꿨다.

"허니문 베이비인가 보네? 그렇지?"

허니문 베이비라는 말에 살벌하던 살기가 사라지고 훈훈한 분위기로 바뀌는 것은 순식간이었다.

가만히 있던 베이스퍼가 고개를 들더니,

"혹시 이것 때문에 그런 느낌이 든 건가?"

"설마……."

"그럴 리가요."

베이스퍼의 혼잣말에 마스터들 모두가 말도 안 된다는 표정이었지만 딱히 마리아의 임신 외에는 현중에게 특별한 일이 없어 보였으니 달리 반박할 말도 없었다.

그런데 모두의 시선이 현중에게 집중되더니 다시 마리아

를 한번 바라보다가 마스터들이 머리를 맞대기 시작했다.

"설마… 현중과 마리아의… 자식이니…"

"현중의 능력을 물려받을지도……."

"아니야, 지금은 평범하잖아……."

"그래도 피는 못 속인다고 하잖아."

마냥 기뻐하기보다는 마스터들은 어쩌면 자신들을 능가하는 엄청난 천재 하나가 탄생하지 않을까? 하는 기대감이 가득했다.

"…전 평범하게 키울 겁니다."

현중은 그 말을 듣기라도 한 듯 심드렁하게 한마디 했지만 마리아조차 게슴츠레 눈을 뜨더니 현중을 보았다.

"아빠 닮았다면… 아마 지구 역사상 최연소 마스터가 탄생할지도 모르죠."

"암~ 그렇고 말고"

마리아의 말에 모든 마스터가 일제히 고개를 끄덕였다.

하지만 그런 그들과 달리 정말 현중은,

'나 정말 평범하게 키울 건데……. 어쩌면 이미 평범하긴 글렀나……?'

엄마는 영국의 귀족에 최연소 국가공인 마스터였고, 아버지는 지금은 평범하다지만 지구 최강의 생물이자 신을 죽인 자라는 칭호를 가진 남자였다.

그런 둘 사이의 자식이 평범하게 살 수 있을 가망성은 아마
단 1%도 없을 것이다.

　하지만 현중은 두 주먹을 불끈 쥐고 다짐했다.

　기필코 평범하게 키우겠다고 말이다.

『현중 귀환록』완결

작가 후기

벌써 현중 귀환록을 쓰면서 보낸 시간이 1년이 지났네요.

조아라에 글을 올리자마자 컨택을 받아서 출간을 11월 말쯤에
했으니, 아마 정확하게 1년 만에 14권에 완결 짓게 되는군요.

생각지도 못하게 많은 호응을 해주셔서 행복한 1년이었습니다.

읽어보면 아시다시피 에필로그라고 생각되는 분량이 제법 많
습니다. 그렇게 된 건 순전히 제 욕심 때문입니다. 그냥 마지막에
결혼했다, 애 낳았다. 잘살았다, 이렇게 평균 3~10페이지 분량으
로 끝나는 에필로그로는 뭔가 허전했던 것이 그동안 책을 읽던 제
생각입니다. 그래서 제가 쓴 글은 에필로그도 하나의 스토리로 써
보자 하는 게 의도였습니다.

물론 이게 읽는 분들에게는 어떻게 보여질지 모르지만 순전히
제 욕심이죠.

한 달에 한 권씩 출간이라는 조금 빡빡한 일정이 있었지만 완결
권을 내고 보니 참 서운하기도 하고 한편으로는 기분이 좀 이상하
네요.

현중 귀환록은 이렇게 마무리 짓게 되었습니다.

본래는 배드엔딩으로 가려고 했습니다만 역시나 제가 해피엔딩을 좋아하다 보니 쓰면서 수정을 하게 되더군요.

현중 귀환록은 이렇게 마무리하게 되지만, 현중 귀환록을 쓰면서 구상했던 글을 지금 옮겨 적고 있습니다.

후속작이죠. 내용은 현중 귀환록처럼 절대 무력을 가진 주인공이 나오긴 하지만 어느 정도 적당한 타협을 할 생각입니다.

하지만 시원스럽게 움직이는 건 그대로 갈 생각입니다. 제가 답답한 걸 별로 좋아하지 않아서요.

지금까지 책을 몇 번 냈지만 14권에 완결 짓는 장편은 현중 귀환록이 처음이라 그런지 힘들기도 했고 여러 가지 추억을 남기게 되네요.

곧바로 다음 후속작으로 찾아뵙겠습니다. 이미 구성과 스토리라인은 모두 잡혀 있는 상태입니다. 이제 저의 머릿속에서 풀어내 글로 옮기는 것만 남은 상황이죠.

이상 푸른 하늘이었습니다.

이제부터
전자책은
이젠북

www.ezenbook.co.kr

세상을 보는 또 하나의 창!
이젠북(ezenbook)!
지금 클릭하세요!

검색창에 이젠북 을 쳐보세요! ▾ 🔍

신풍기협 神氣風俠

FANTASTIC ORIENTAL HEROES

윤신현 新무협 판타지 소설

「수라검제」, 「태양전기」의 작가 윤신현
우직한 남자의 향기와 함께 돌아오다!

사부와 함께 떠났던 고향.
기다리는 친구들 곁으로 돌아온 강진혁은
사부의 유언을 지키기 위해 강호로 나선다.
반드시 돌아오겠다는 약속을 남기고.

"믿어라. 난 결코 허언을 하지 않는다."

무인으로 살 것인가, 무림인으로 살 것인가.
고민을 안고 나아가는 강진혁의 강호행!

신의 바람이 불어와 무림에 닿을 때,
천하는 또 하나의 전설을 보게 되리라!

Book Publishing CHUNGEORAM

유행이 아닌 자유추구
WWW.chungeoram.com

기사도
chivalry
요람 판타지 장편 소설
FANTASY FRONTIER SPIRIT
2012년, 『제국의 군인』의 요람,
그의 새로운 이야기가 시작된다!
같은 세계, 또 다른 이야기!
몰락해 가는 체르니 왕국으로 바람이 분다.
전쟁과 약탈에 살아남은 네 남매는 스승을 만나고
인연은 그들을 끌어올려 초인의 길에 세운다.
그렇게 그들은 기사가 되었고
운명을 따라 흉성을 가진 루는 자신의 기사도를 세운다!
명왕기사(明王騎士) 루.
그가 세우는 기사도의 길에 악이란 없다!
Book Publishing CHUNGEORAM
유행이 아닌 자유추구 -
WWW.chungeoram.com

FUSION FANTASTIC STORY

넘버원 Number One 천륜 장편 소설

'슈퍼스타K', '위대한 탄생'은 가라.
진정한 신의 목소리를 가진 자가 나타났다!

동방 나이트클럽의 웨이터 유동현!
현실은 비천하나 꿈만은 원대하다!

"동방 나이트 웨이터 막둥이를 찾아주세요!"

그에게 찾아온 마법사 유그아닌과의 인연이
잠자고 있던 재능을 일깨우고,
포기하고 있던 가수로서의 길을 연다.

시작은 기연이나 이루는 것은 노력일지니.
그대여, 이 위대한 가수의 탄생을 지켜보라!

Book Publishing CHUNGEORAM

유행이 아닌 자유추구
WWW.chungeoram.com

FUSION FANTASTIC STORY

백수,
재벌 되다

텀블러 장편 소설

현대물이라고 다 같은 현대물이 아니다!
전 세계적으로 활약하는 사내가 온다!

"초 거대기업 DY그룹의 회장이 내 아버지라고?!"

백수에서 초 거대기업의 후계자로,
답 없는 절망에서 희망으로!

"이제 아무것도 참지 않는다!"

세계를 뒤흔드는 한 남자의 신화를 보라!

Book Publishing CHUNGEORAM

www.chungeoram.com